陰陽師

蒼猴卷

陰陽師系列

第十六部

夢枕獏——著

茂呂美耶——譯

新版推薦序

伴隨《陰陽師》系列小說十五年有感

承接《陰陽師》系列小說的編輯來信通知，明年一月初將出版重新包裝的第一部《陰陽師》，並邀我寫一篇序文。

收到電郵那時，我正在進行第十七部《陰陽師螢火卷》的翻譯工作，而且，由於晴明和博雅這兩人拖拖拉拉了將近三十年的曖昧關係（中文繁體版則爲十五年），終於有了一小步進展，令我陷入興奮狀態，於是立即回信答應寫序文。因爲我很想在序文中向某些初期老粉絲報告：「喂喂喂，大家快看過來，我們的傻博雅總算開竅了啦！」

其實，我並非喜歡閱讀ＢＬ（男男愛情）小說或漫畫的腐女，《陰陽師》也並非ＢＬ小說，但是，我記得十多年前，曾經在網站留言版和一些《陰陽師》死忠粉絲，針對晴明和博雅之間的曖昧感情，嬉笑怒罵地聊得鼓樂喧天，好不熱鬧。

說實在的，比起正宗ＢＬ小說，《陰陽師》的耽美度其實並不高。就我個人觀點而言，這部系列小說的主要成分是「借妖鬼話人心」，講述的是善變的人心，無常的人生。可是，某些讀者，例如我，經常在晴明和博雅的對話中，敏感地聞出濃厚的ＢＬ味道，並爲了他們那若隱若現，或者說，半遮半掩的愛意表達方式，時而抿嘴偷笑，時而暗暗奸笑。

身爲譯者的我，有時會爲了該如何將兩人對話中的那股濃濃愛意，翻譯得不露骨，但又不能含糊帶過的問題，折騰得三餐都以飯糰或茶泡飯草草果腹，甚至一句話要改十遍以上。太露骨，沒品；太含蓄，無味。所幸，這種對話不是很多。是的，直至第十六部《陰陽師蒼猴卷》爲止，這種對話確實不多。

然而，我萬萬沒想到，到了第十七部《陰陽師螢火卷》，竟然出現了令我情不自禁大喊「喂喂，博雅，你這樣調情，可以嗎？」的對話！不過，請非腐族讀者放心，這種對話依舊不是很多，況且，說不定我們那個憨厚的傻博雅，不明白自己說的那些話其實是一種調情。而能塑造出讓讀者感覺「明明在調情，但調情者或許不明白自己在調情」的情節的小說家夢枕大師，更令人起敬。

話說回來，不論以讀者身分或譯者身分來看，《陰陽師》系列小說最吸引我的場景，均是晴明宅邸庭院。那庭院，看似雜亂無章，卻隨著季節交替輪換而自有一番情韻。倘若我在進行翻譯工作時的季節，恰好與小說中的季節相符，我會翻譯得特別來勁，畢竟晴明庭院中那些常見的花草，以及，夏天吵得不可開交的蟬鳴和秋天唱得不可名狀的夜蟲，我家院子都有。只是，我家院子的規模小了許多，大概僅有晴明宅邸庭院的百分或千分之一吧。

爲了寫這篇序文，我翻出《陰陽師飛天卷》、《陰陽師付喪神卷》、《陰陽師鳳凰卷》等早期的作品，重新閱讀。不僅讀得津津有味，甚至讀得久違多年在床上迎來深秋某日清晨的第一道曙光。

此外，我也很佩服當年的自己，竟然能把小說中那些和歌翻譯得那麼美。不是我在自吹自擂，是眞的。我跟夢枕大師一樣，都忘了早期那些作品的故事內容，重讀舊作時，我眞的在文字中看到當年爲了翻譯和歌，夜夜在書桌前和古籍資料搏鬥的自己的身影。啊，畢竟那時還年輕，身子經得起通宵熬夜的摧殘，大腦也耐得住古文和歌的折磨。如今已經不行了，都盡量在夜晚十點上床，十一點便關燈。因爲我在明年的生日那天，要穿大紅色的「還曆祝著」（紅色帽子、紅色背心），慶祝自己的人生回到起點，得以重新再活一次。

如果情況允許，我希望能夠一直擔任《陰陽師》系列小說的譯者，更希望在我穿上大紅色背心之後的每個春夏秋冬，仍可以自由自在穿梭於晴明宅邸庭院。

茂呂美耶

於二〇一七年十一月某個深秋之夜

平安時代中期的平安京

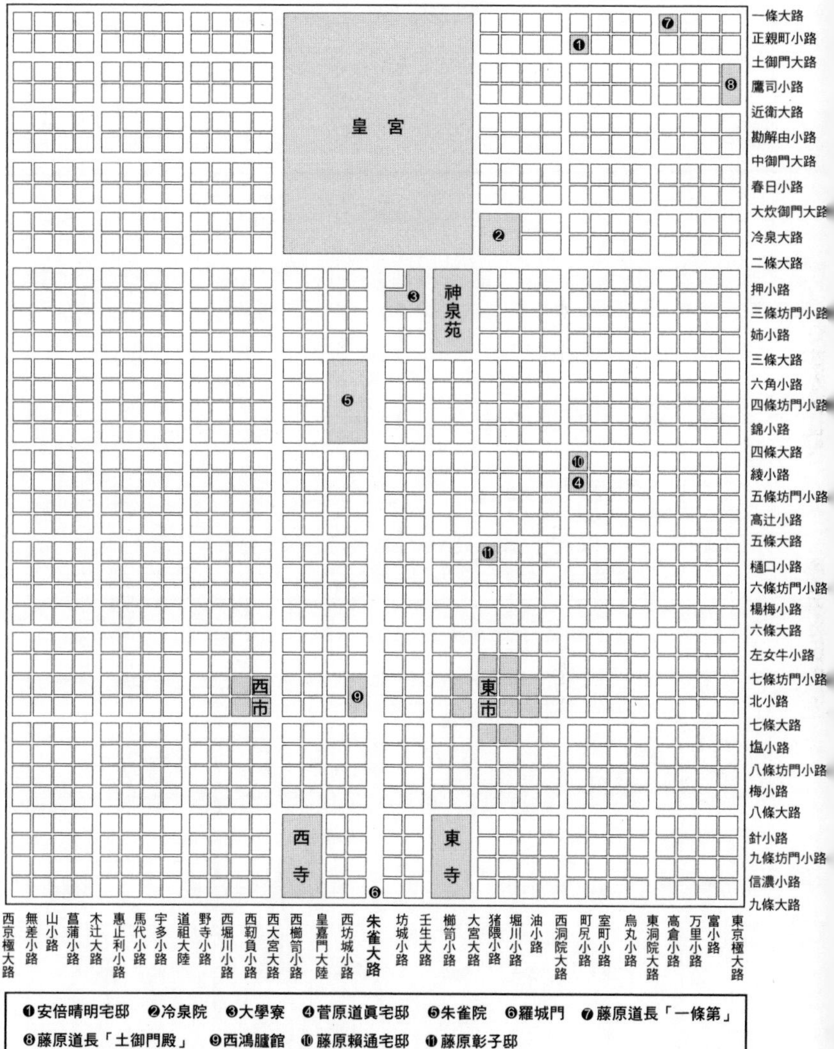

❶安倍晴明宅邸　❷冷泉院　❸大學寮　❹菅原道眞宅邸　❺朱雀院　❻羅城門　❼藤原道長「一條第」
❽藤原道長「土御門殿」　❾西鴻臚館　❿藤原賴通宅邸　⓫藤原彰子邸

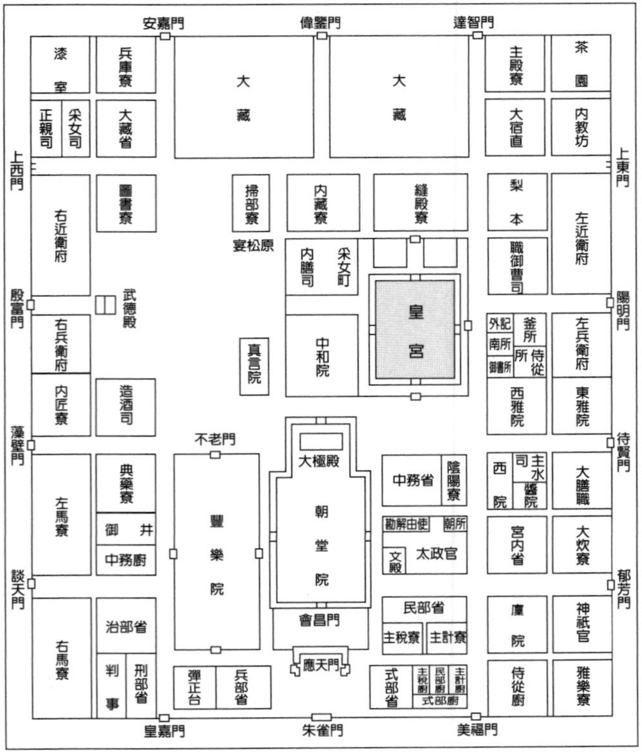
安嘉門
偉鑒門
達智門
漆室
兵庫寮
大藏
主殿寮
茶園
正親司
采女司
大藏省
大宿直
內教坊
上西門
上東門
右近衛府
圖書寮
掃部寮
內藏寮
縫殿寮
梨本
左近衛府
宴松原
內膳司
采女町
職御曹司
殷富門
武德殿
皇宮
陽明門
右兵衛府
外記
釜所
左兵衛府
南所
侍從所
御書所
中和院
真言院
內匠寮
造酒司
西雅院
東雅院
藻壁門
待賢門
不老門
大極殿
中務省
陰陽寮
西院
主水司
醬院
大膳職
左馬寮
典藥寮
豐樂院
朝堂院
宮內省
大炊寮
勘解由使
朝所
御井
中務廚
太政官
文殿
談天門
郁芳門
民部省
廩院
神祇官
治部省
會昌門
主稅寮
主計寮
右馬寮
應天門
判事
刑部省
彈正台
兵部省
式部省
主稅廚
民部廚
主計廚
式部廚
侍從廚
雅樂寮
皇嘉門
朱雀門
美福門

大內裏

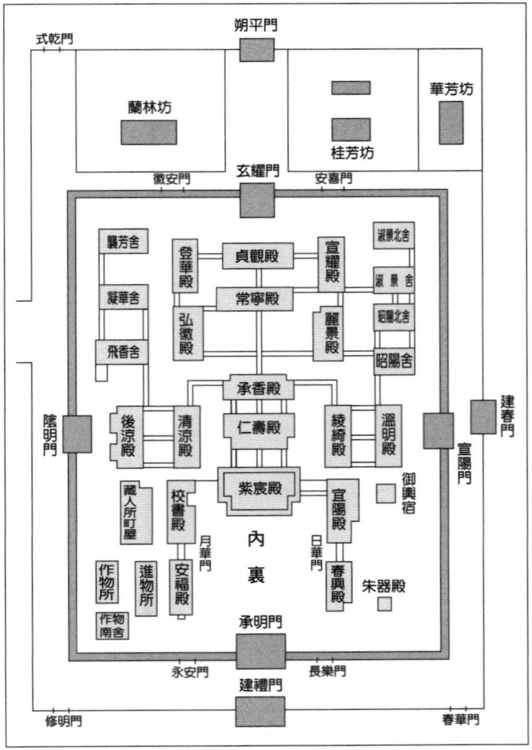
朔平門
式乾門
華芳坊
蘭林坊
桂芳坊
徽安門
玄耀門
安喜門
淑景北舍
襲芳舍
登華殿
貞觀殿
宣耀殿
淑景舍
凝華舍
常寧殿
弘徽殿
昭陽北舍
麗景殿
飛香舍
昭陽舍
承香殿
建春門
後涼殿
清涼殿
仁壽殿
綾綺殿
溫明殿
陰明門
宣陽門
紫宸殿
藏人所町屋
校書殿
宜陽殿
御輿宿
月華門
日華門
內裏
作物所
進物所
安福殿
春興殿
朱器殿
作物南舍
承明門
永安門
長樂門
建禮門
修明門
春華門

內裏（皇宮）

目錄

鬼市

一

庭院的櫻花，正在盛開。

樹枝因花瓣重量而垂落，若有人在樹下原地踏步，那樹枝看似會折斷。

夜晚──

冰冷夜氣中，透明的黑暗裏著櫻花。

櫻花在那黑暗中，映襯著月色，發出白淨亮光。如果只是一枚花瓣，那亮光微弱得比螢火蟲還淡薄，不過，當數量多到幾千、幾萬、幾百萬的話，看上去便宛如佛陀世界的光明，自遙遠西方淨土幽微照射至此處。

位於土御門大路的安倍晴明宅邸──

晴明和博雅正坐在窄廊喝酒。

燈臺上點著一盞燈。

晴明背倚一根柱子，豎起單膝，方才起便端著盛酒的杯子送至紅唇。

博雅則望著庭院的櫻花，一面出神地嘆氣，一面喝著杯子裡的酒。

「哎，晴明啊。」博雅開口。

「什麼事?博雅。」

晴明頓住送往口中的酒杯，望向博雅。

「我說那個櫻花呀……」

「唔。」

「這樣一邊喝酒一邊觀看的話，我總會將那些一枚一枚的花瓣，看成是佛陀。」

「是嗎?爲何呢?」

「花瓣將會飄落吧?」

「唔。」

「可是，它們是爲了明年能再度開花而飄落吧?」

博雅喝光杯子裡的酒，望向櫻花。

「飄落的花瓣返回大自然後，成爲地氣而溶化。之後，櫻樹從那塊大地汲取地氣，再度於樹梢開花。如此看來，這似乎不僅櫻樹，世上所有花、所有樹，不都是這樣嗎?既然如此，這道理和人與牛馬鳥蟲，不也相通嗎?」

「唔。」

「不只人或牛馬鳥蟲。在我看來，地面隨處可見的石頭、泥土、沙子、

塵埃、草芥，以及我們身上穿的衣服和那些日用品，道理好像都一樣……」
「沒錯。」
「空海法師的教義中，不是有一條說，這世上的所有根源是大日如來佛，其他神明都是大日如來佛的表象嗎？」
「確實有。」
「那麼，是不是也可以說，不僅其他神明，包括櫻樹、存在於世上的樹和花、塵芥和鳥、牛和馬、石頭和沙子、泥土、衣服和日用品，所有的一切都是神明嗎……」
「也可以這樣說。」
「既然如此，我剛才說，那些櫻花花瓣一枚一枚看上去像佛陀，未必是因爲我現在喝醉了才看成是佛陀吧？我想說的正是這個意思，晴明……」
「眞美……」
晴明低語，將停在半空的酒杯貼上紅脣，一口喝光。
「美？」
「嗯。」
「什麼東西美？」

「你現在說的話。」

「我說的話？」

「我是說，你剛才說的那些話中的思想以及感情很美。看來，眞實潛藏在美麗的事物中……」

「雖然我聽不懂你到底在說什麼，但是，既然我聽不懂，喂，晴明，是不是表示你又想提起有關咒的話題了……」

「是啊，誠如佛陀存在於這世上的所有事物中一樣，這世上的所有事物都包含著咒。」

「喂，不要再說下去。晴明，只要你一提起咒，我的腦袋就會亂成一團，完全弄不懂我到底在說什麼，你又到底在說什麼了……」

「不，我要說的這個沒有你想像中那麼複雜。」

晴明說這話時——

「晴明大人……」聲音響起。

循著聲音望去，原來是蜜蟲站在窄廊另一方。

「藤原兼家大人此刻駕臨……」蜜蟲道。

「噢，來了嗎？」晴明點頭，「請他過來吧。」

聽晴明如此吩咐後，蜜蟲立即消失身影。

「太好了。聽你說咒的道理，我會很累。話說回來，兼家大人來你這兒，到底有什麼事呢？」博雅呼出一口氣後問道。

「這個嘛，我也不知道。」

「是嗎？」

「今天傍晚，兼家大人遣人來，說有事想商量，今晚非見我一面不可。我告訴對方，今天晚上博雅大人也在此，如果讓博雅大人聽了也無妨，請便。既然人都來了，大概無妨吧……」

晴明向博雅說明事由時，提著燈火的蜜蟲已從另一方走來。跟在蜜蟲身後的兼家，則是一籌莫展的表情。

蜜蟲擱下燈火，消失身影。

「晴明，救救我……」兼家哭喪著臉說。「我，很害怕……」

二

據說，昨天夜晚，兼家乘牛車離開自己的宅邸。

他身邊只帶著一名隨從。

隨從名爲俊次。

其他沒有任何跟隨的人，只有主從兩人。

兼家最近與一名住在西京、名叫理子的女子相識，他打算前往該女子住處。

主從兩人在月光中，通過左側是神泉苑的阿哇哇十字路口[1]，穿過朱雀大路。

走了一會兒，左轉，再走了一會兒，右轉。

兩人往西前行，結果，看到前方似乎有朦朧亮光。

應該正是一座名爲正法寺的破寺院附近。

挨近一看，果然是正法寺，坍塌土牆正面可以望見櫻花。

正法寺內有一些櫻花，其中一棵是特別瑰麗的古木，從遠處也能看得一清二楚。

兼家掀起簾子仔細望去，櫻花樹下似乎點著好幾盞燈火，映照著枝頭的櫻花，形成一圈朦朧微弱的亮光，從遠處也能看得見。

而且，好像還飄出一股類似在煨什麼東西，又好像在烤什麼東西的香

---

1 原文為「あわわの辻（あわわのつじ，awawanotsuji）」，是京都市二条大路和大宮大路交叉的十字路口。

味。

「你去看看。」兼家說。

「是。」

隨從俊次立即跨進坍塌土牆，又馬上返回。

「好像是夜市。」

「夜市？」

「寺院內設了市集，看似在賣什麼東西……」

「哦，沒想到竟是市集。」兼家點頭，「那我們進去參觀一下吧……」

好奇心強的殿上人兼家，從牛車探出身子。

「這兒不是兼家大人這種身分的人來的地方。而且，看上去很可疑，我覺得不可靠。」

「夜市本來就是可疑的地方。」

「可是……」

「沒關係。走。」

兼家讓俊次準備鞋子，二話不說地下車。

「走吧，俊次……」

兼家領先走在前面，從方才俊次跨進的坍塌土牆處，大步踏進寺內。

進去一看，果然是市集。

有人在地面鋪著草蓆，坐在其上，賣著發出某種腥味的東西，也有人在賣木桶、盆子和笸籮[2]。

燈火有好幾盞。

有些掛在櫻花樹枝上，有些則在地面草蓆一旁豎起燈臺。

不知從何處來的，很多人在路上行走，有人在觀看商品，有人沉默地路過，甚至可以看到女人和孩子。有人在賣梳子和簪子等小物品，也有人在賣魚乾之類的東西，商品除了碗、大米、小麥等，其他另有西瓜、甜瓜、缸子以及生鏽的長刀，甚至有人在賣鏡子。

有件事很奇怪。

就是走在路上的行人相貌模糊不清。如果想仔細觀看近處的人到底長得什麼樣子，轉移視線望過去的話，那人的眼睛、鼻子以及嘴巴的位置會變得不清晰，黏糊成一團，影影綽綽。

不僅相貌。

所有行人都像影子那般不眞切，輪廓也不清楚。即便打算仔細看，愈是

2原文為「笊（ざる，zaru）」，為用柳條或篾條編成用以盛裝東西的器具。

目不轉睛，對方的輪廓分界線便會愈模糊。

大人、小孩、女人——頂多只能辨認出這些，其他全不行。

此外，只要是市集，無論是何種性質的市集，應該都會人相喧嚷，人聲嘈雜，充滿生氣才是，但這個市集卻很安靜。

人們明明在交談，彼此卻都輕聲細語，聽不清他們的談話內容。連看似在洽談生意的人，聲音也低得含糊不清，聽不清他們在說些什麼。

令人毛骨悚然的是，明明是人，竟有人趴在地面匍匐前進，也有人像蛇那般將腹部緊貼地面，在地面上爬行。

「兼家大人，這裡很奇怪。這不是人的市集。爲保安全，我們還是趕快返回吧。」俊次說。

「無所謂，無所謂。」

好奇心旺盛的兼家大步往前走去。

「噢，正是這裡，正是這裡。」

兼家說畢，停在一處擱著高及腰部的桌子，桌上排列著容器，看似在賣食物的地方。

燈火掛在伸展至頭頂的櫻花樹枝上。桌子旁有兩個爐灶，一個好像在烤什麼東西，另一個好像在煮什麼東西。

兼家方才起便一直聞到的香味，似乎正是從這兩個爐灶飄出的。

「我就是突然很想吃這個。」兼家說。

「你要吃嗎……」男人隔著桌子問。

雖然不太清楚那男人身上穿的是什麼衣服，但看上去像是唐朝樣式。

「千萬不要。也許裡面煮的是人的頭顱，也許是砍下的手腳。」俊次把嘴巴湊到兼家耳邊小聲說。

男人似乎聽到了，開口道：

「這不是人的頭顱，是一種叫做麵條的東西……」

「麵條？」

「吃吃看吧，吃吃看吧，吃了就明白。」

「那麼，給我一碗。」兼家說。

男人用一把看似舀子的道具，連湯一起舀起鍋內的東西，放入一個大碗，遞給兼家。

大碗不停冒出熱氣。

兼家把臉湊近熱氣，聞到一股濃厚香味。

兼家用筷子撈取汁液，撈出了細長的東西。

「吃，快吃吧。」

聽男人如此說，兼家將那細長的東西放入口中吸吮。

啾啾。

啾啾。

細長的東西滑入口中。

相當美味。

兼家咀嚼後，吞下了。

眨眼間便吃個淨光。

「那個呢？」兼家指著在爐灶上烤熟的東西問。

「那個，是山藥。」

「是嗎？那個也給我。」

兼家抓住男人遞出的東西，啃咬著。

這個也很好吃。

不一會兒便吃光。

「吃了，吃了。」

兼家繼續往前走，來到正殿前，看到有人在賣擱在台座上的小物品。
兼家止步，觀看著台座，台座上除了陳列著鏡子、雙六遊戲圖[3]、梳子、簪子，另有陳舊外衣，甚至有金剛杵之類的法器。
兼家看到其中之一個物品，叫出聲。
「啊！」
那是一把雕鏤梅花花紋的螺鈿工藝[4]梳子。
「喂，這、這是……」
這是四年前爲了送給當時來往的女人，兼家請人製作的梳子。
兼家記得梳子的花紋。
只是，後來丟失了。
兼家認爲是當時一個名叫忠安的下人偷走梳子，遂命人捉住忠安，責打了一頓。
「是你偷的吧？從實招來！」
可是，忠安始終否認。
「我什麼都不知道。我沒有偷任何東西……」
「你給我滾出去！」

---

3 原文為「双六（すごろく，sugoroku）」，是奈良時代從中國傳入的一種遊戲。兩人隔著遊戲圖對坐，互相擲骰子並照出現數字前進，較早進入對方陣地的就贏了。
4 螺鈿又稱貝殼鑲嵌，是一種在漆器或木器上鑲嵌貝殼或螺螄殼的裝飾工藝。

由於沒有證據，忠安也沒有承認罪行，兼家不能將忠安交給警察司法總監，只能把他趕出宅邸。

半個月後，有人在羅城門下發現躺在地上的忠安屍體。

可能在遭受責打時受了傷，之後又被趕出宅邸，就那樣倒在路旁死了。

「兼家大人……」

男人隔著台座開口呼喚，兼家抬頭一看，剛才仍模糊不清的面貌，突然清晰起來。

「忠安!?」兼家大叫。

「久違了，大人，您眞膽敢殺死我……」

兼家取起梳子。

「你、你這個混蛋，這、這把梳子，是我的。」

不知兼家是鼓起僅有的一點勇氣，或是過於驚慌失措，居然如此說。

「即便是偷來的東西，此刻，這是我的……」

「什、什麼!?」

「我本來打算送給我的老相好，只是如今成了死人，想送也送不成……」

「你、你、你……」

「是的，我正是死人。」忠安揚起嘴角嗤笑。
忠安口中只看得見兩、三顆牙齒。
是生前遭受責打時折斷的。
俊次在箭家一旁「哇」地叫出聲。
「這、這個，這個是!?」
俊次指向排列在正殿石階的東西，全身喀嗟喀嗟地發抖。
坐在石階上賣著那些東西的人，喃喃自語道：
「這是人的頭顱……」
那確實是人的頭顱，男人、女人，總計二十多個頭顱。每個頭顱都在月光中駭人地翻著白眼，瞪著上空。
箭家也開始喀嗟喀嗟地發起抖來。
這兒不是人來的地方。
這是死人的市集。
「咦？有人的味道……」
有人出聲。
「是啊，是活人的味道。」

「對呀，難怪我總覺得一直聞到人的味道。」

「什麼？」

「什麼？」

影子聚集過來。

此時，「這傢伙名叫藤原兼家，正是殺死我的那個男人。在他身邊的人是叫做俊次的下人。」忠安大聲叫喊。

一群影子步步逼近，圍攏著兼家與俊次。

「給錢……」剛才那個賣麵條的男人說。

「我還沒有收麵條的錢……」

給錢……

給錢……

男人伸出手。

兼家和俊次忍不住地大喊。

「哇！」

「哇！」

兩人拔腿就跑，逃離現場。

一個接一個。

一個接一個。

影子們在兼家和俊次身後追趕。

兼家和俊次從坍塌土墻處連滾帶爬地出來。

待兼家跳上牛車後，俊次趕忙拉著牛，拚命地奔逃。

他們連回頭看的時間也沒有。

結果，兩人沒有前往女人住處，直接逃回自己的宅邸。

叫醒宅邸的人後，兼家連連大喊：

「把大門關上。」

「不准讓任何人進來。」

喊畢，兼家突然覺得很難受，不禁吐了起來。

他弓著背，不停吐出從胃部湧上的東西在院子泥土上。

那是無以數計的活蚯蚓和活蟾蜍，數量多得捧在雙手也有餘。

就在此時——

有人敲打緊閉的大門。

「您就算逃跑了，我也知道大人的宅邸在哪裡……」隔著大門，傳來忠

安的聲音。

「給錢，請您付錢……」繼而傳來賣麵條的男人的聲音。

敲門聲和叫喚聲不絕於耳，持續至黎明，早晨的陽光即將升起之前，傳來最後兩句。

「我明天晚上會再來。」

「請您務必付錢。」

之後，據說就安靜下來。

三

「那是鬼市。」聽完兼家的話，晴明如此說。

「鬼市？」兼家問。

「是死人與非人世之物聚集的市集。您大概誤入那個市集了。」

「什麼……」

「市集賣的都是一些古怪東西，或是已經無法尋回的失物、古物、贓物等。」晴明道。

「可是，晴明，兼家大人怎麼會誤入那種市集呢？」

「可能是阿哇哇十字路口吧。」

「阿哇哇十字路口？」

「是。」

阿哇哇十字路口又稱爲「阿哈哈十字路口」，是二条大路與東大宮大路交叉而成的十字路口。

西北角是皇宮，西南角是神泉苑——此十字路口，自古以來便經常發生不可思議的事。

「事情發生在昨夜的話，恰好是天一神[5]自北方移動至南方，穿過該十字路口那時——兼家大人在那時刻穿越過十字路口，才會與陰態之物結下邂逅因緣吧。」

「那、那會怎樣？晴明，那些東西，今天晚上仍會出現嗎……」兼家問。

「可能會……」

「直、直至什麼時候爲止？」

「直至與兼家大人的因緣了結之前，它們會一直出現……」

5 原文為「なかがみ，nakagami」是中國古代九星信仰衍生出的方位神的一種，一般認為各個方位都存在著神明，並會對事物吉凶造成影響。天一神為十二神將的主將。也稱作中神、天一、天乙、貴人。

兼家哭喪著臉。

「你可以設法解決嗎？晴明……」兼家求救地望著晴明。

「當然有辦法解決，不過……」

「不過什麼？有什麼問題嗎？」

「我判斷不出該用何種方法解決。」

「既然有辦法解決，何必介意用什麼方法呢……」

「不，這件事不能如此。」

「什麼!?」

「倘若用法力硬性制伏，說不定會招惹來其他不好的影響。」

「其他不好的影響？」

「是。」

「那不行。」

「最好的辦法是讓對方心服口服，不過……」

「不過什麼……」

「兼家大人。」

「什麼事？」

「我想問您一個問題，賣麵條那個人要您付錢，這點我可以理解，但是，另一人忠安那方，爲什麼會追趕兼家大人呢？」

「這我怎麼知道？你想知道的話，何不去問忠安本人……」兼家答。

「有道理。」

晴明同意地拍了一下膝蓋，就這個漢子來說，這是罕見的動作。

「您說得對。去問本人確實是個好辦法。」

「等、等一下……」兼家驚慌地欠起身。

「你說要去問本人，可那個本人不在這裡的話……」

兼家說到此，圍牆外即傳來叫喚聲。

「兼家大人……」

「兼家大人……」

兼家大吃一驚地繃緊了身體。

「來、來了!?」

兼家渾身微微發抖。

「果然來了。」

「果、果然？你早就知道那些傢伙來了嗎？」

「剛才我們在談話時，我就察覺宅邸外面似乎有些動靜正在挨近……」

「什麼……」

兼家剛開口，圍牆外便傳來奇怪的叫聲。

「兼家大人，給錢……」

「請您務必付錢……」

「兼家大人，忠安大人的聲音是哪個？」晴明問。

「最、最先開口的那個是忠安。」

「原來如此。我明白了。」

「你明白了什麼？」

「剛才問您的那件事。」

「問我的那件事？」

兼家已經驚慌失措，視線輪流望向圍牆和晴明。

「剛才我問您，忠安大人爲何會追趕您。此刻，我已經明白了……」

「什麼!?」

「兼家大人，您昨晚在鬼市有沒有買了什麼東西？」

「這個……」

「您起初吃了麵條，沒有付錢吧……」
「唔，嗯。」
「其次呢？」
「其、其次?!」
「吃了麵條後，您是不是又到忠安大人那裡呢……」
「噢，對。正是這樣……」
「您在那裡做了什麼？」
晴明問及此時——
「給錢……」
「給錢……」
聲音再度響起。
「晴、晴明……」
博雅一臉不安地望著晴明。
「不要緊。您不用擔心。我親自在宅邸四周下的結界，不會那麼容易就被解破。」
晴明先讓博雅鎮靜下來，再轉身望向兼家。

「您是不是在忠安大人的店鋪擅自拿了某物……」晴明問。
「這、這個嗎？」
兼家把手伸進懷中，再徐徐伸出手。
他手中握著的，正是那把看似從忠安的店鋪拿回來的梳子。
「正是這個。」
「……」
「忠安大人要您付錢，看來正是付這把梳子的錢……」
「什麼!?這把梳子本來就是我的。怎能要我……」
「我們人世間的道理，在陰態世界是行不通的。例如灰態，牠從人類手中奪走東西後，會暫且埋在森林內。倘若人類認為灰態已經走了，便去挖出那東西逃回來，灰態會認為人類偷走自己的東西而狂怒。這與那東西本來是誰的問題無關……」
「哼，哼……」
兼家不服氣地哼唧時，晴明已經命蜜蟲去準備硯台和筆墨。
外邊不停傳來喊聲。
「兼家大人，您逃到哪裡都沒有用。不管您到哪裡，我們都知道您的去處……」忠安說。

「這裡有一種看不見的東西阻礙我們進去，但是，您總不能終生都躲在裡邊吧？」這是賣麵條那人的聲音。

「兼家大人……」

「兼家大人……」

「給錢……」

「給錢……」

此時，晴明取起筆，再於自懷中掏出的紙條上，不知在寫些什麼。

「晴明，你在做什麼？」博雅問。

「寫紙錢。」晴明一面動手一面答。

不知何時起，晴明對博雅的遣詞用句又恢復爲平日的語氣。

「紙錢？」

「這又稱爲冥錢，是黃泉用的錢……」

說著，說著，晴明已經寫完兩三張。

積存了幾張時，晴明開口。

「兼家大人……」

「什、什麼事？」

「您向外邊那兩位說，現在就付錢給他們，叫他們收下。」

「明、明白了……」

兼家抬起臉對著外面喊道：

「等一下，你們要錢，我馬上付，你們就在原地等著。」

晴明配合兼家的喊聲，取起方才寫完的紙錢，一張接一張罩在燈火上。

火焰立即轉移至紙錢，燃燒起來。

一張。

兩張。

三張……

火焰剛轉移至紙錢，晴明便將紙錢扔到庭院，再點燃下一張紙錢。

燃燒的煙霧升至上空，越過圍牆飄出。

之後——

「噢！」

圍牆外傳來忠安的聲音。

其次，又傳來「呀！」的叫聲。

這是賣麵條那人的聲音。

「是錢！」

「是錢！」

「噢！」

「噢！」

兩人的聲音明顯很高興。

不久——

「我們收到錢了，這回就原諒你，兼家……」外面傳來的聲音如此說。

「只要你願意付錢，我們不會找你麻煩。」接著又傳來如此聲音。

「那麼……」

「唔……」

「走吧。」

「走吧。」

外面傳來這兩句話後，聲音即停止，除了櫻花花瓣隨風飄搖的微弱沙沙聲，什麼都聽不見了。

「他、他們走了嗎？」兼家問。

「似乎走了。」晴明在紅脣上堆著笑容說。

四

黑暗的庭院中，映著月光的櫻花發出一團青光。

櫻花花瓣沙沙地對著微風輕聲細語。

晴明和博雅以及兼家，坐在窄廊喝酒。

賣麵條的男人和忠安的聲音消失後，兼家仍不敢離開，決定在晴明宅邸過夜。

三人有一杯沒一杯地喝著酒。

「笛子……」

聽晴明如此說，博雅從懷中取出葉二，吹起笛子。

笛子的音色，在月光中上升，銀光閃閃。

銀色的笛音，撫摸著一枚一枚的花瓣。

花瓣開始飄落。

佛陀一面飄落，一面返回上天。

花瓣是佛陀。

佛陀是天地。

無數的佛陀在青色虛空中飛舞。

博雅閉著雙眼，持續吹著笛子。

役君橋

一

先來說明一下役小角這位人物。

役小角又稱爲「役優婆塞」及「賀茂役公」，不過，「役行者」這個稱呼或許比較著名。

據說，役行者於舒明六年（六三四年），出生於大和國[1]葛木上郡茅原村。

安倍晴明的老師賀茂忠行，出身也是葛木的賀茂氏，後來成爲陰陽師。附帶一提，根據《新撰姓氏錄》[2]，八咫烏[3]是賀茂建角身命[4]的化身，鴨縣主[5]之祖。鴨[6]，既是八咫烏，亦是賀茂——換句話說，晴明與賀茂役君，亦即與役行者有關聯。

役行者的母親夢見金剛杵飛入口中，之後生下役行者。據說，役行者出生後即開口說出佛祖教導的訓詞。

他不但是山岳修驗道[7]的鼻祖，並掌握孔雀明王的咒法，而且據說還使役兩個名爲前鬼、後鬼的妖鬼。

---

1 相當於現在的奈良縣。
2 平安時代初期的西元八一五年，日本嵯峨天皇下令模仿中國唐朝《氏族志》所編寫的古代氏族名鑑。
3 日本神話故事〈神武東征〉中，為神武天皇帶路的烏鴉，一般描繪為三隻腳的形象。
4 日本神話的神祇，也是今賀茂御祖神社（下鴨神社）的主祭神。
5 「縣主」是西元四世紀至七世紀的大和王權職別之一，亦是天皇賜給侍奉天皇的豪族的姓氏。平民與奴隸沒有姓氏。
6 原文為「鴨（かも，kamo）」，與「賀茂」同音。

某日，役行者打算在葛城山和吉野的金峰山之間架橋，召集了當地的土地神，命祂們擔任此勞役。可是，葛城山神的一言主大神，由於容貌長得很醜，白天不工作，只在別人看不見祂容貌的夜晚工作。

爲此，役君大怒，將一言主大神關進岩石內。

一言主大神附身於韓國連廣足[8]，借韓國連廣足的嘴巴，向朝廷誣告了役君。

「役優婆塞，策劃傾覆天皇。」

天皇聽了此讒言，派人去捕捉役君，但役君法力太強，沒有人能夠逮捕。

因此，朝廷先抓住役君的母親，進而威脅役君。

「你若想救你母親一命，老實俯首就縛吧。」

爲了讓朝廷釋放母親，役君主動束手就擒，之後被流放至伊豆。

但是，據說，役君雖然人在伊豆，卻能自由自在地在空中飛翔，有時跑到富士山玩，有時成爲仙人，甚至渡海至唐土修煉。

---

7 原文為「修驗道（しゅげんどう，shugendou）」是日本古來山岳信仰受外來的佛教等影響成立的宗教。奈良時代成立，開祖是役小角（役行者）。平安時代以後信仰開始盛行。

8 七世紀至八世紀的日本咒術師，役小角的弟子，姓氏為「物部韓國」。

二

野地新綠盎然。

自原野吹來的風，也瀰漫著各種樹木的嫩葉香味。

安倍晴明走在河堤上，一面前行，一面觀賞春妝四溢的景色。

河面閃閃發光。

走在晴明前面的人，是一位僧人打扮的老人。

兩人花了三天，從京城徒步至此地。

「快到了。」老人回頭向晴明說。

「是。」晴明點頭。

老僧又轉向前方，繼續往前走。

四天前，晴明和博雅在晴明宅邸的窄廊喝酒時，這位老僧來訪。

跟在蜜蟲身後的老僧說：

「在下名為廣達。」

老僧行了個禮，繼續道：

「在下有件事想懇求晴明大人幫忙，迢迢特來登門拜訪……」

晴明正是答應了那個「懇求」，專程來到此地。

三

禪師廣達是一位行禪僧。

他進入吉野的金峰——也就是金峰山，在山中森林邊走邊讀佛經，修行佛法。

話說回來——

吉野郡桃花村有一條河。

這條河，名爲秋河。

河上架著一座橋。

是一棵巨大梨樹，從這邊的岸倒向對面的岸，正好形成一座橋。

沒有人知道這座橋於何時架起，又到底如何架起。

根據說者的說法，甚至有人說這座圓木橋自三百年前便存在。

除了人，野鹿和野豬等走獸，也都利用這座橋，往返兩岸。

不可思議的是，這座橋從未腐朽或損壞。如果是一般的圓木頭，在風雨曝曬下，應該早就腐朽得化爲烏有，但這座橋不管什麼時候來，都鮮嫩得看似快要抽生新枝，再從樹枝長出樹葉。

而且，無論發生多大的洪水，這座橋從未被沖走。

某天，廣達因有事情，從金峰山下山來到桃花村。

偶然來到這座橋，廣達一邊念經一邊過橋。

此時——

「嗚呼，不要踩痛了我。」聲音響起。

廣達停止念經，並停住腳步，可是，四周沒有任何人。

那聲音很小，很微弱。

細微得幾乎會令人誤以爲是拂過耳邊的風聲。

甚至令人懷疑是否眞的聽到了聲音。

原來聽錯了——

然而，廣達再度邁出腳步時。

「讓我出去。」聲音又響起了。

這回的聲音與剛才的不同。

廣達停住腳步，環視四周，依舊沒有任何人。
再邁出腳步。
「請你幫我們實現願望。」聲音響起。
廣達試著停住腳步，結果與剛才一樣，沒有任何人。
似乎也聽見了什麼其他聲音，只是無法聽清楚。
只要廣達邁出腳步，聲音便會響起。
「嗚呼，不要踩痛了我。」
「讓我出去。」
「請你幫我們實現願望。」
看來並非聽錯了。
也有其他聲音。
『我是……』
『我名爲……』
『我正是……』
這些聲音微弱得好不容易才傳進廣達耳裡。
廣達試著過一次橋，再走回來，果然可以聽見同樣的聲音。

似乎有人拚命在向廣達傳達某種信息。

廣達體內湧起一股滾燙感情，雙眼溢出眼淚。

這事非同小可。

必須想辦法解決。

必須幫助這些發出聲音的東西——

廣達如此想，他到處向村落的人打聽，可是，沒有人聽到如廣達聽見的聲音。

廣達不知如何是好。

「去請京城的陰陽師來看看，怎樣？」有人如此說。

「聽說住在土御門大路的陰陽師安倍晴明，相當厲害。」

「這種事，應該找陰陽師。」

因此，廣達前往京城，拜訪了晴明。

晴明答應廣達的請求，與廣達一起離開京城。

只是，博雅於兩天後必須值夜班，不能匆促決定得花好幾天的旅途，快快不悅地翹起嘴巴。

「你去嗎？」

晴明問此話時，博雅答：

「不，我、我不能去……」

四

「確實聽見了。」晴明過了一次橋，返回後如此說。

途中，晴明幾次止步，似乎在聆聽什麼。

「沒錯吧。」廣達說。

「確實有如禪師所說的聲音……」晴明點頭。

「不過，其他聲音，也如禪師所說那般，聽不清楚。」晴明接著說道。

「您知道聲音發自哪裡嗎？」

「知道。」

「從哪裡發出的？」

「從這座被當作橋的圓木頭中……」

「哎呀……」

「請稍候。」

晴明再次跨上梨樹圓木頭，用雙膝和左手頂著圓木頭，口中小聲地喃喃念著咒文，再將左耳貼在圓木頭表面。

「是嗎……」晴明的嘴脣發出聲音。

「噢，原來如此。」

「原來是那樣。」

「唔。」

晴明頻頻點頭，不久又站起。

「您明白了什麼嗎？」廣達問。

「大致明白了……」

「到底發生了什麼事？」

「這座木橋內，有神明。」

「您說什麼？」

「其他聽不清楚的聲音，各自似乎是這樣說的，『我是阿彌陀佛』，『我名爲彌勒』，『我正是觀音菩薩』。」

「那、那——說話的是這三位神明嗎？」

「是。」

「可是，這三位神明爲何在這種木橋中呢？」
「根據三位神明所說，往昔似乎發生過這樣的事。」
晴明開始述說。
三百年有餘的昔日——
役行者在此地發現了這棵梨樹。
役行者仔細觀看著樹。
——哎，這眞是一棵好樹。
役行者說。
——一般說來，梨樹不適合雕刻佛像，但是，這棵樹中竟然已經存在著三位神明。
據說，役行者伸手撫摸樹幹，說出如下的話。
——這個，是阿彌陀佛。
——這個，是彌勒。
——這個，是觀音菩薩。
之後，役行者砍倒這棵樹，梨樹倒下，恰好如一座橋，從這邊的岸懸掛至那邊的岸。

正當役行者打算雕刻佛像時，卻接到母親被捕的通知，結果，役行者還未動手雕刻佛像，即束手就縛。

「可是，正因爲是那個役行者邊說出神明的名字，邊撫摸樹幹，三位神明就寄居在樹幹內部了。」晴明說。

「這是事實嗎……」

「是。之後，每逢有人過橋，這座橋裡的神明，都發出聲音，打算傳達此事，但普通人的耳朵聽不見祂們的聲音。除非像禪師這般累積一定修行的人，或類似我這種人，否則沒有人能聽見祂們的聲音。」

「原來是這樣，原來是這樣……」

廣達撲簌落淚，一次又一次地點頭。

「讓我來雕刻吧。讓我在這棵樹雕刻佛像吧。」廣達如此說。

五

廣達動手雕刻了。

廣達用鑿子貼在樹幹，還未敲打槌子時，不用廣達使出力氣，樹幹便主動削去，結果，廣達只花了十天便雕刻出三尊佛像。

這三尊阿彌陀佛、彌勒、觀音菩薩佛像，被安放在吉野郡越部村的岡堂。

據說，爲了祭拜這三尊佛像，聚集了許多來自各地的人。

話說回來——

三尊佛像雕刻完畢後，樹木依然有剩餘。

利用剩餘的樹木製成木材，再用該木材重新製作了一座橋，搭在秋河梨樹橋原來的位置。

那座橋，人當然可以過，不僅人，據說，連野鹿和野豬等走獸，也一如既往地過橋。

機關道子

一

韓志和這個人，到底何時開始出現在京城，怎麼也搞不清楚。

有人說，他於半年前便已經出現在東市，也有人說，一年前在羅城門下，看到他正在陪一隻小得可以捧在手心的小狗玩耍，而事實如何，無人知曉。

只是，根據最近的風聲，聽說他在東市的市姬神殿前，表演各式各樣的稀奇技能，因此應該多在東市出沒吧。

這個名爲韓志和的人，木雕技術極爲出色。

他在聚集許多人的地方，於地面擱著大大小小的圓木頭，再向眾人說：

「來啊，無論你們說出什麼，我都會按照你們說的雕刻出來。不用客氣，盡量說吧。」

外貌看上去，大約五十多歲。

他身穿一套看似道袍的藍色服裝，頭上戴著一頂皺巴巴的烏帽。

圓滾滾的雙眼類似鴿子蛋，頗富魅力。

「來啊，說吧。」韓志和如此說。

「雕一隻狗吧。」

「能雕仙鶴嗎？」

觀眾便如此應聲。

「那麼，我來雕狗……」

志和伸手從懷中取出一把鑿子。他坐在圓木頭前，用雙腳腳底夾住圓木頭，左手抓牢鑿子，右手握著木槌。之後，當場開始雕刻狗。

雕刻時，也不停在說話。

「噢，眞可愛。你是從哪裡來的狗呢？」

「是嗎？你是從天竺來的嗎？」

「既然如此，我就把你的尾巴雕長一些吧？」

「腳嘛，粗一點比較好。」

觀眾在雕刻期間不會感到無聊。

不僅滔滔不絕說話，志和運用鑿子和木槌的技藝也十分精湛，雕刻過程相當於表演節目之一。

他在木雕狗的肚子挖了一個洞，塡塞或鑲上某物，再拆開木雕狗的四肢

和頭部、尾巴，之後再度組合各部分，形成一隻小狗。接著，左手握著那隻小狗，右手滴溜溜地轉動狗尾巴後，再將那隻小狗輕輕擱在地面，據說木雕的那隻狗會宛如活狗那般開始走動。

此外——

他也會雕刻喜鵲，如果將喜鵲拋至半空，木雕的喜鵲會振翅朝上空飛翔約一百多尺，然後飄落。

倘若雕刻貓，那隻貓會像活貓那般抓住麻雀及老鼠。

志和似乎靠這類表演節目，換來觀眾扔出的錢幣或大米，維持生計。

關於志和的口碑傳入小鳥遊渡的耳裡。

小鳥遊渡是將近七十歲的老人，宅邸位於離鴨川不遠的四条大路上。他很喜歡珍奇事物，只要聽聞某處有這世上獨一無二的珍寶之風聲，就他的性格來說，無論如何也要設法得手。倘若聽聞某處有表演稀奇技藝的街頭藝人，他會請那名藝人到宅邸，讓藝人表演技藝，據說有一次還讓走繩索名手在繩索上跳舞。

小鳥遊渡是個任性的人。

他在宅邸建造了一座倉庫，收藏著蒐集來的所有物品。

不但有傳自唐國的琉璃酒杯、玉器、螺鈿琵琶，以及織錦、金銀工藝品，也有寶螺[1]、佛具和頭飾等，各式各樣的物品，有些並排著，有些放進箱子，全收藏在倉庫內。

有人說韓志和來自唐國，也有人說韓志和去過唐國，小鳥遊渡聽聞此風聲後，忍無可忍地下令：

「馬上去叫那個韓志和過來。」

如此，他將在東市的志和請到自己的宅邸。

志和來了後，立即在小鳥遊渡面前雕刻了仙鶴和鳥，再於庭院讓仙鶴和鳥飛至上空。

如果將用木頭雕刻的猴子擱在松樹樹根，猴子會自己動起來，並開始爬樹。

小鳥遊渡高興得很，對韓志和說：「這法術太厲害了。」

聽小鳥遊渡如此說，志和竟泰然地答：「不，這不是法術。」

「不是法術？」

「是。雖然也可以說是法術，不過，這和陰陽師或高野山僧施行的法術不一樣。」

---

1 原文為「子安貝（こやすがい，koyasuigai）」，是一般常見的寶螺，加上狀如女陰，故被視為具有生產之咒力。據說古代懷孕的女人分娩時，產婆引產之際會將寶螺置於產婦手中，讓其緊握有助施力，也為了討個好兆頭，祈求母子均安，故稱之為「子安貝」。

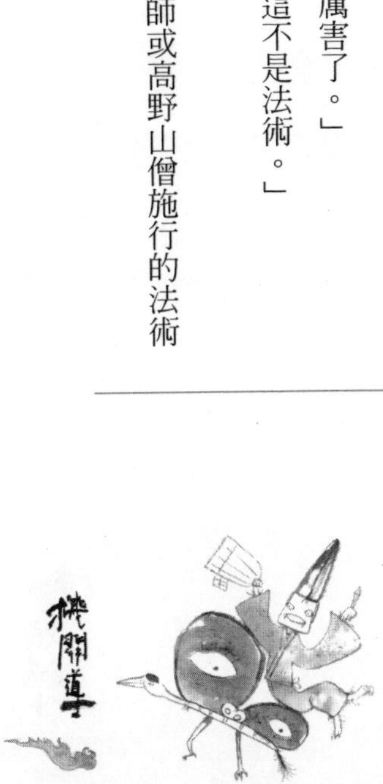

「什麼意思?」

「陰陽師或高野山僧施行的法術，是一種必須經過修行，擁有法力後，才能施行的道法。」

「他們的法術和你的法術，不一樣嗎?」

「我的是一種技術，即便是渡大人，也能放鳥飛翔。」

「什麼?我也辦得到?」

「是。」

志和遞出一隻雕刻小鳥，說：

「能不能請您轉動小鳥的右翼?往自己跟前轉動兩次、三次、四次，直至轉不動爲止。」

「這樣嗎?」

小鳥遊渡按照吩咐做了，再望向志和。

「接著，您用雙手裹住小鳥，將小鳥頭朝向上空，再輕輕放出就可以了。」

「是、是這樣吧。」

小鳥遊渡放鬆雙手後，小鳥吧嗒吧嗒地擺動翅膀，飛向上空。

木頭雕刻的小鳥飛了約一百尺高後，緩緩地降落至前方的松樹樹根上。

「噢，這個太厲害了。」

小鳥遊渡高興地說，之後似乎又想起某事，表情一本正經。

「可是，好像有點美中不足。」小鳥遊渡小聲地自言自語。

「什麼地方美中不足呢？」

「飛翔的小鳥、爬樹的猴子、奔跑的小狗，這些都是我聽過的。其他人應該也都看過了吧？」小鳥遊渡說。

「我想看其他人還沒有看過的東西。對了，龍。你雕刻一條龍，讓龍飛飛看……」

「要我雕刻龍嗎？」

「你辦不到？」

「不，因爲龍太大了，我無法此刻在此地雕出。」

「那還用說。那麼，你需要多少時日？」

「只要給我半個月的時日……」

「是嗎？既然如此，你從這裡上坡至三条大路，我在那裡另有一棟宅邸，你就待在那裡慢慢刻吧。半個月後，我會前往觀看……」

小鳥遊渡不等志和答話，便決定了事情。

「到時候，如果你能雕出令我大吃一驚的東西，即便把我的寶物分一半給你，我也不覺得可惜。」小鳥遊渡如此說。

二

正好是半個月後——

小鳥遊渡來到三条大路的宅邸。

「怎樣？雕好了嗎？」穿過大門的小鳥遊渡，向出來迎客的志和如此問道。

「是，總算雕好了……」志和點頭。

「那你快帶我去看……」

小鳥遊渡大踏步往前走，一直走向位於宅邸東側的庭院。

「這是什麼……」

小鳥遊渡在某建築物前止步。

他眼前是個看似四方形台座的東西。或許可以說是箱子。可是，那個箱子，大得如同一棟小房子。

一邊八尺有餘。

與小鳥遊渡一起前來的隨從，不明白那個箱子是什麼。住在這棟宅邸，負責照顧志和用餐及身邊瑣事的下人，也不明白那個箱子到底是什麼。

原來，剛抵達此地的志和，第一件事就是製作了這個看似箱子的東西，之後，他就一直待在裡面工作。

箱子上部本來有個類似天窗的地方，但是，此刻，那個地方也關閉著。不過，不知何時，志和又另外設置了可以登上箱子的階梯。

「這是觀龍牀。」志和說。

「什麼？」

「請您順著階梯登上。只要站在牀上，便能觀看龍。」

「是、是嗎……」

小鳥遊渡一面說，一面一級一級地登上設置在眼前的階梯。

每登上一級階梯，階梯便會發出聲響。

嘰。

嘰嘰。

咕隆咕隆咕隆。

箱子內部似乎有什麼東西在旋轉，發出咕咚咕咚轉動的聲音。

當小鳥遊渡站在最上層的階梯時，事情發生了。

箱子另一邊的木板，突然啪嗒一聲朝上空打開。

木板啪啦啪啦地疊起，裡面伸出一顆巨大龍頭。

巨龍從木板內側爬出，爪子喀喀地在箱子外側來回摩擦，接著，巨大龍臉張開大口，俯視著小鳥遊渡。

拳頭大的龍眼，喀嚓、喀嚓地轉動。

張開的大口也咻咻地吐出呼氣。

「哎喲！」小鳥遊渡嚇得發出叫聲，腳步往後退。

接著，他在最上層的階梯失足，仰面朝天一路滾落下來。

小鳥遊渡面紅耳赤地站起，臉部被泥土沾得髒兮兮。

在一旁觀看的人群，有人驚慌失措，有人打算逃跑，反應各式各樣，不過，所有看到小鳥遊渡倒栽蔥滾落模樣的人，不是笑出聲，便是忍住不笑。

「豈、豈有此理……」

小鳥遊渡破口大罵了志和。

「你、你竟膽敢用這種東西愚弄我，讓我落人笑柄。」

「不，不，我哪敢。」

志和誠惶誠恐地賠罪，但小鳥遊渡沒有寬恕志和。

「來人啊，抓住韓志和！」

眨眼間，志和四周圍攏了眾多隨從。

「請稍待，請稍待……」

逃不掉的志和，遭眾人打得落花流水，最後又被數人摁住，全身無法動彈。

「我萬萬沒想到事情會變成這樣。爲了表示歉意，接下來，我想讓大人再看一項任何人都沒有看過的表演，大人您認爲如何……」志和說。

結果，小鳥遊渡的好奇心立即被勾起。

「好吧，你表演看看。」小鳥遊渡答。

摁住志和的手鬆開後，恢復自由的志和站在原地，伸手從懷中取出一個可以放在掌心的小箱子。

「來，來，來看看裡面這個。」

志和揭開箱蓋。

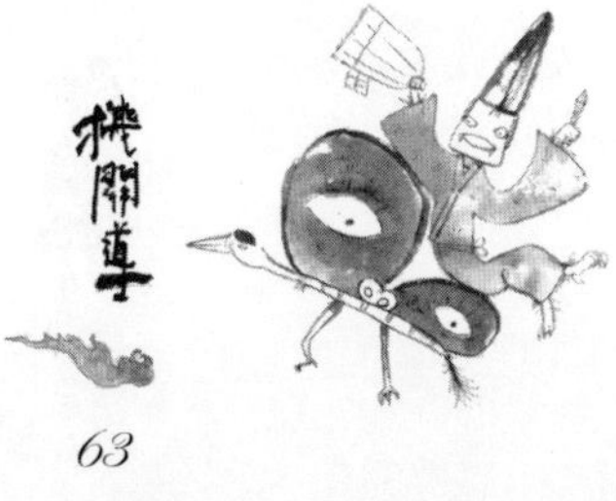

小鳥遊渡探身窺看，箱子裡有數不盡的紅豆般大小的紅蜘蛛，而且所有蜘蛛都在蠕動。

此外，仔細看的話，可以看出那些蜘蛛都是木頭雕刻而成的。

「這是捕蒼蠅的蜘蛛。」

志和如此說後，箱子內的蜘蛛敏捷地接二連三依次跳出。

有些直接落在地面，有些在小鳥遊渡或志和的衣服上爬行，之後，蜘蛛跳躍著捕捉附近的蒼蠅，並開始吃起蒼蠅。

「啊……」

小鳥遊渡發出叫聲，觀看著捕蒼蠅的紅蜘蛛，過一會兒，他才回過神來，這時，志和已經不見蹤影。

三

一隻黑蝴蝶在剛綻放的杜鵑花上飛舞。

是黑鳳蝶。

鳳蝶有時在花朵前一邊揮動翅膀，一邊停留在半空，有時伸出四肢停在花瓣，吸吮花蜜。

「原來已經到了蝴蝶飛舞的季節……」源博雅喝乾酒杯內的酒，感慨地說。

此處是安倍晴明的宅邸——

兩人坐在窄廊。

風中飄揚著一股逐日增強濃度的嫩葉香味。氣溫不冷不熱，酒的醉意適當地暖和著身體。

「話說回來，晴明啊，蝴蝶眞是一種不可思議的生物。」

「什麼地方不可思議？」

「晴明，你想想看我們人。」

「人？」

「人啊，從出生那一刻起，不是都維持著人的外貌嗎……」

「嗯。」

「從嬰兒時代起，直至老了、死了，人都一直維持著人的外貌。」

「確實是那樣。」

「可是，蝴蝶從父母體內剛出生時，只是一顆很小的蛋。就這點來說，小

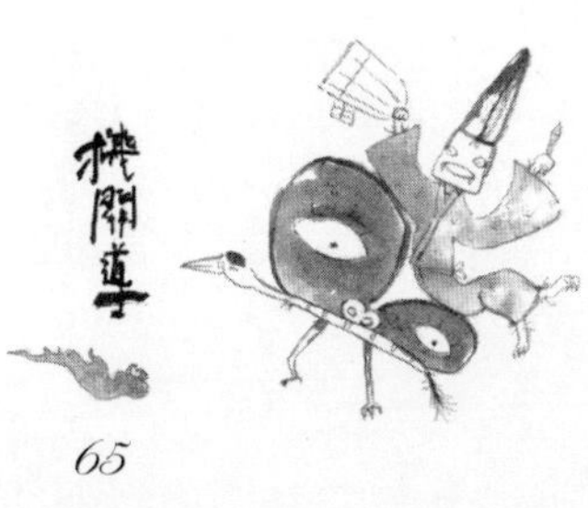

鳥也一樣，不過，蝴蝶從小孵化成毛毛蟲，之後再變成蝶蛹，然後再自蝶蛹出生，最後轉化成那樣的蝴蝶。到底哪一種外貌才是蝴蝶的眞面目呢……」

「無論蝴蝶處於哪一種外貌，蝴蝶就是蝴蝶嘛。所謂蝴蝶，是包括蝴蝶轉化變遷的整個過程。這世上的所有東西，都上了咒。無論咒化爲任何形式，咒本身的……」

「等、等等，晴明……」

「怎麼了？」

「咒的話題，到此爲止。」

「我正打算以咒爲例，向你講述天地的道理，我想這樣或許比較易懂……」

「哦，我不是那個意思。是有客人來訪……」

博雅將視線移向晴明背後，正是庭院的櫻花樹方向。全部長出嫩葉的櫻花樹下，有個人影。

看上去像是個身穿白色公卿便服[2]的少年。

那個人影踩著如原野般庭院的草叢，逐步挨近。

「露子姬……」博雅低聲叫出人影的名字。

露子是個深愛昆蟲的千金小姐。

2原文為「水干（すいかん，suikan）」。平安時代男子的平民服裝。

她喜歡花草、魚、野地之物，捕獲後飼養，並在日記記下飼養過程。

明明是個比較適合坐在垂簾內的千金小姐，卻故意打扮成男子裝束，出門到野地玩。長髮紮在腦後。年齡應該在二十歲左右，不過，由於不化妝，又打扮成男子模樣，看上去像個十三、四歲的少年。

露子走到晴明與博雅相對而坐的窄廊下，停住腳步。

露子左手提著一個竹編籠子。

「好久不見，晴明大人，博雅大人……」

她微微俯首問安，露出笑容。

黑色的大眼睛仰視著兩人。

「因爲大門開著，我就擅自進來了……」

「那當然沒關係。妳今天單獨一人來。沒帶螻蛄男[3]和黑丸[4]嗎？」晴明問。

露子輕輕收回下巴，點了個頭。

「今天我捉到非常奇怪的東西。無論如何也想請晴明大人看看，因此，就直接來了。」露子如此說。

「奇怪的東西？」開口問此話的是博雅。

---

3 參照《龍笛卷》〈蟲姬〉，是負責幫露子抓蟲的男童。

4 參照《龍笛卷》〈蟲姬〉，是露子姬的式神。脫蛹的赤蠶蟲，背部有雙發出朦朧青光的翅膀。

「是蚨蝶[5]……胡蝶[6]。」

露子舉起左手提的籠子。

「蚨蝶」或「胡蝶」，指的都是蝴蝶。

發出閃亮金光的東西，正在露子舉起的籠子裡飄舞。

露子將籠子擱在晴明與博雅之間的窄廊地板上。

仔細觀看籠子，裡面確實有一隻蝴蝶。

蝴蝶抓住編織籠子的一支細竹籤，正在休息翅膀，但那確實是胡蝶——蝴蝶。

可是——

「我第一次看到這種東西……」晴明說。

胡蝶大小和剛才在庭院飛舞的那隻鳳蝶差不多。不僅大小，連外形也和鳳蝶極爲相似。

只是，顏色不同。這隻胡蝶的翅膀是金黃色。

恰如黃金那般，只要換個角度觀看，亮光在不同狀態下反射，金黃色的色調也會隨之產生變化。

博雅伸出指頭碰觸籠子，胡蝶鬆開抓住竹籤的四肢，在籠子內飄飄飛

5原文為「てふてふ（tehu tehu）」，是日本早期以漢字假名標音法來表示中文的「蝶」字。

6原文為「胡蝶（かはひらこ，kahahirako）」，後續皆以此稱露子姬找到的特別蝴蝶。

舞。

「今天早上，牠飛到我家院子的杜鵑花上，我就抓住了牠，可是，我第一次看到這種胡蝶。」

露子因爲興奮，臉頰泛紅。

晴明一副若有所思的樣子。

「話說回來，露子姬住在四条大路吧。」晴明問。

「是啊，就住那裡。」

「離鴨川不遠嗎？」

「是的。」

「是這樣嗎……」

晴明取起籠子，仔細端看裡面的胡蝶。

「原來如此……」晴明點頭。

「喂，晴明，我第一次看到這種胡蝶，不過，聽你那個口氣，你好像不是第一次？」看著晴明點頭，博雅開口問。

「不，正如我剛才說的那般，我也是第一次看到。只是，我在事前聽說了某件事。因此，我想，原來這就是那個胡蝶，所以才點頭。」

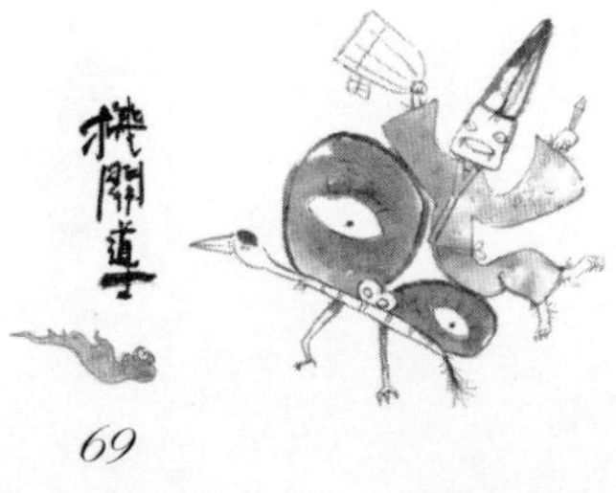

「那個胡蝶？」

「其實，昨天晚上，小鳥遊渡大人府邸遣人來了一趟。據說，府邸發生了棘手問題，所以來拜託我設法解決。」

「棘手問題？」

「沒錯。於是，我向對方說，明天——也就是今天中午過後，我會過去看看。我又問對方，由於明天已經和博雅大人約好一起喝酒，喝了兩三杯後，我會過去一趟順便醒醒酒，到時候，如果博雅大人想一起去，我們會一同前往，這樣可以嗎……」

「到底發生了什麼事？」

「你聽過最近在京城名氣很大，名爲韓志和那個人的風聲嗎？」

「噢，是能夠讓木雕物隨意走動的那個人吧。」

「嗯。」

「他怎麼了？」

「據說，渡大人甚好珍奇事物，邀請了志和大人前往宅邸。」

「是嗎？」

「事情起初還好，之後，聽說渡大人要求志和大人雕龍。」

「這件事，我也聽說了。結果，因爲雕的龍過於出色，渡大人嚇得雙腳癱軟，從最上層的階梯滾落到地面。」

「沒錯。可是……」

「可是怎麼了？」

「這回渡大人來拜託我解決的問題，正是之後發生的事。」

晴明如此說，開始講述「之後發生的事」。

四

在小鳥遊渡宅邸，最初看到那隻胡蝶的人是下女。

正好是志和消失蹤影的第三天。

據說，那天早上，該下女望向庭院時，發現遲開的牡丹花上，有個閃耀著金色亮光的東西在飄飄飛舞。

什麼東西？

下女心想，再仔細觀看，原來是一隻金光閃閃的胡蝶。

那隻胡蝶，非常美麗。

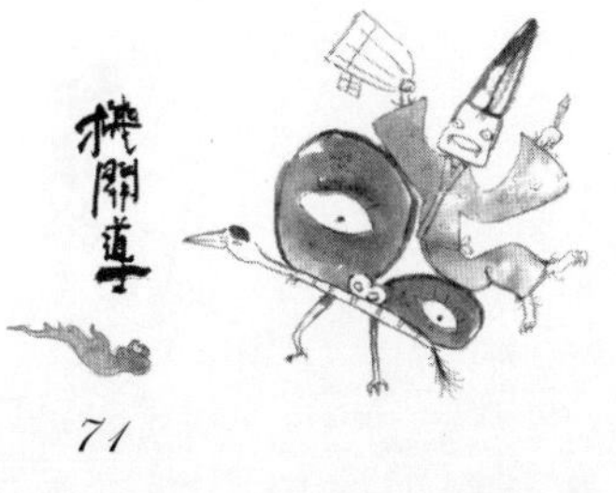

下女看得入迷，不久，胡蝶飛到其他地方。

當時，下女只是覺得原來這世上有那種胡蝶，次日，有好幾個人在庭院同時看到三隻飛舞的珍奇胡蝶。

其中，兩隻是金黃色，一隻是銀色。

不料，第三天，變成七、八隻，第四天，超越十隻，再次日，竟然增加到數不清的數量。

而且，胡蝶的種類各式各樣。

雖然金色胡蝶最多，但也有銀色、紅色，甚至有藍色和綠色胡蝶。每一隻胡蝶的外形都不一樣，即便同樣是金色胡蝶，有的尾巴很長，有的翅膀比一般大許多。

為何有這麼多數量的珍奇胡蝶在庭院飛舞呢？正當眾人百思不解時，僕人之一說：

「看那邊……」

他用手指指的方向，正是小鳥遊渡收藏寶物那棟倉庫的天窗。

從那個窗口——亦即從倉庫中，正飄飄飛出顏色不一的胡蝶。

下人立即向小鳥遊渡報告此事，小鳥遊渡親自進入寶物庫，發現裡面有無以計數的胡蝶在飛舞。

之後，總算眞相大白。

原來擱在架子上的眾多金銀製工藝品寶物，都在原處變形了。

有的成爲毛毛蟲，有的化爲蝶蛹，有的正要從蝶蛹羽化爲胡蝶。

所有飛舞的珍奇胡蝶，都是自小鳥遊渡的寶物蛻化而成。

黃金製工藝品、紅玉、珊瑚玉石、玉器——這些寶物，全在架子上，或在收藏的箱子中，正在逐步羽化爲胡蝶。

「哇！」

小鳥遊渡大叫，趕忙用手按住架子上的寶物，然而，這些金銀製的工藝品，並沒有因此而停止羽化。

之後，小鳥遊渡命人在其上蓋上木桶，或抓住飛舞的胡蝶收入箱子和籠子，並堵住窗口，宅邸內鬧得天翻地覆。

五

「這正是昨天發生的事。」

晴明接著說：

「因此，小鳥遊渡大人才慌忙遣人來我這裡。」

「這麼說來，那個籠子內的金黃色胡蝶是……」

「應該正是小鳥遊渡大人的寶物蛻變而成之物。」

「喲……」聽晴明如此說，露子發出叫聲，望向籠子裡的胡蝶。

「事情就是這樣。」

「原來如此。」

「我想，應該是可以動身的時分了，怎樣？」

「什麼怎樣？」

「去嗎？」

「去渡大人的宅邸嗎？」

「我正是這個意思……」

晴明望向露子。

「怎樣？露子姬，妳也去嗎？」晴明問。

「我也跟去的話，不要緊嗎？」

「只要妳帶著那隻胡蝶一起去，一點都不要緊。」

「那我也想去！」

「好，妳跟著我們一起去……」

「那、那我呢……」

「博雅，一起去吧。」

「唔，嗯。」

「走。」

「走。」

事情就這麼決定了。

六

進入倉庫一看，裡面點著燈火。

因爲若打開爲採光而設的天窗，胡蝶——也就是小鳥遊渡的寶物會從天窗飛走。

無數的胡蝶在燈火亮光中飛舞。

有金黃色的，有銀金色的，有琉璃翅膀的，也有玉石翅膀的，確實有一

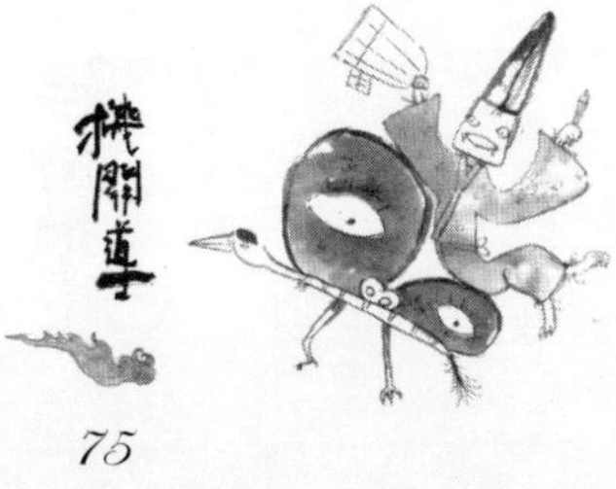

大堆不同顏色與形狀、耀眼光澤的胡蝶，在倉庫中亂舞。

「噢，太美了……」博雅發出入迷的聲音。

「好美……」露子也睜大眼睛望著胡蝶。

「能、能不能請您設法解決這個問題……」小鳥遊渡握住晴明的手說。

「這個嘛……」

晴明邊說邊環視四周。

「您在做什麼？」

「胡蝶雖是寶物蛻變而成，但是，這裡頭一定有構成因的事項。我正在思考到底什麼事項是因……」

「可、可是……」

「這座倉庫，有人進得來嗎？」晴明問。

「沒、沒有。除了我，任何人都不能進來。就算有人想進來，只要我不給鑰匙，對方便無法打開倉庫門。」

「除非穿過牆壁，或從地底進來嗎——可是，此刻看上去，牆壁和地板都沒有那樣的跡象。」

「是，是。」

「既然如此，那便是從外邊施了咒，或者……」

晴明仰視牆壁上方，問：

「那邊本來有窗戶吧？」

「是。不過，因爲設在那麼高的地方，一般人絕對無法從外面的牆爬至那個高度。此外，即便能爬上，現在爲了不讓胡蝶飛出，已經關上了，何況窗口設有格子，普通人絕對無法通過。」

「如果不是人，而是其他東西，您覺得如何？」

「不是人的東西？」

「譬如，小鳥以及猴子，那又會怎樣呢？」

「小鳥以及猴子?!」

「是。」

晴明邊說邊仰視搭在頭頂上方的房樑。

晴明凝視著搭在倉庫天花板中央，從遠處彼方至這邊的粗大房樑。

「這裡有沒有身手矯捷的人？」晴明問。

「身手矯捷的話，我來……」

小鳥遊渡家的僕人之一，站了出來。

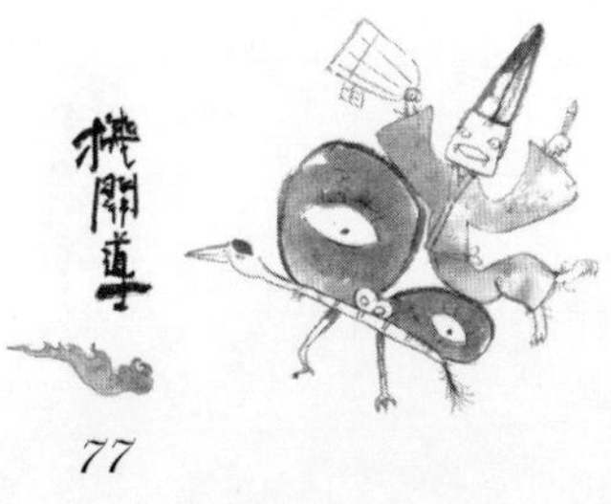

「那麼，麻煩你爬上房樑，看看上面有沒有什麼東西？」

「好的……」

男僕先把手腳搭在架子上，爬上架子後，再往上爬，最後站在架子上。

只要伸手，男僕便搆得著上方的房樑，於是，他從架子上輕巧地爬上房樑。

「有沒有什麼東西？」晴明問。

「那邊的粗樑好像擱著什麼東西……」男僕答。

「那麼，能不能麻煩你去取那個東西，拿到下面來？」

「是，沒問題。」

男人在房樑上一蹦一蹦地移動身子，最後站在搭在中央最粗的那根房樑上。

「這到底是什麼……」

男人似乎在粗樑上拾起某物。

他用左手捧著那東西，右手抓住房樑，下來後，再度站到架子上，接著下到地面。

「怎麼樣？」晴明問。

「上面有這個……」
男人遞出某物給晴明。
「這傢伙，孤零零地坐在房樑上……」
「這是?!」
那是一隻木雕猴子。
仔細觀看，可以看出猴子雙手捧著兩個重疊著罐口，再於其上用繩子捆成十字形的土器。
「唔唔……」
晴明發出叫聲，解開捆緊的繩子，再摘掉重疊著的罐口上面的土器。
結果——
從中出現一個發出金光的小東西。
「這、這是什麼?」博雅開口如此問時——
「是蝶蛹。」回答此話的人是露子。
「蝶蛹?!」
「是。不過，這是人工製品……」
在場的所有人當然都明白那是人工製品。

是用尖銳的鑿子或小刀雕刻金子而製成的東西。

「總之，這個正是因。應該是這個蝶蛹雕刻令渡大人的寶物蛻變爲胡蝶。」

「是、是這隻猴子？」

「大概從外邊利用天窗進入此倉庫，然後坐在那根房樑上吧。」

晴明說畢，將蝶蛹握在手心，口中喃喃念咒，結果，那些在半空飛舞的胡蝶，一隻接一隻輕飄飄地跌落地面。

啪嗒。

咯噠。

將視線移向發出聲響落在地面的東西，各個都是黃金簪子以及梳子、玉石工藝品等。

七

「我們現在就去吧。」

步出小鳥遊渡宅邸，再打發牛車先回去之後，晴明如此說。

在場的除了晴明，另有博雅和露子。

「去是可以，可是，晴明，我們到底要去哪裡？」博雅問。

結果，晴明將捧在雙手的木雕猴子擱在左手。

「這隻猴子會幫我們帶路。」

晴明說畢，用右手捏著猴子的短尾，旋轉了幾次後，把手貼到猴子額上，小聲念起咒文。

「如太陽西下，如小鳥返巢，如雨滴變成雲朵返回天空，汝最好也迅速回到汝主之處。」

念完後，晴明將猴子擱在地面。

之後，猴子動了起來，動作猶如活生生的猴子。

「喂，晴明，猴子動了。」

「我們跟在猴子後面走就對了……」

晴明、博雅、露子三人，跟在前行的猴子後面。

途中，每逢猴子停止走動時，只要晴明旋轉猴子的尾巴，猴子便會每次都再度走動，繼續往東前行。

來到鴨川，下至河灘，一行人踏著石頭和草叢，往上游方向前進，之後

看到河灘有棵大柳樹，樹下有間看似用漂流木材組成的小房子。

牆壁用泥土抹成，屋頂用河灘的蘆葦鋪成。

猴子一冒一冒地走動，鑽過掛在小房入口的草蓆，進入房內。

三人進入小房後，聲音響起。

「你終於來了嗎，晴明……」

對方是個蓬頭散髮、白髮蒼蒼的老人，原來是蘆屋道滿。

道滿坐在小房裡邊，一旁同樣坐著一個看似五十多歲的男人。男人膝上坐著剛才帶領三人前來的猴子。

兩人之間的石頭上，擱著瓶子和兩個容器。

房內有酒味，看來，兩人正在此處喝酒。

「噢，閣下就是那位晴明大人嗎……」

這個男人，轉動著頗富魅力的大眼睛，露出微笑。

「果然是您，道滿大人。」晴明說。

「我就知道你遲早會來。因爲我預料，那傢伙大概會央求你幫他忙。」

道滿端起容器，喝乾了裡面的酒。

「除了道滿大人，沒有任何人能將兩個土器重疊一起，再於其上施咒。」

「爲了讓你明白是誰做的，我故意那樣施咒。」

「可是，您爲何做出那種事呢……」

「因爲那個渡小子，打算讓這位知名的韓志和吃苦頭。志和大人在唐國長安，可是個譽滿天下的機關名手哪。再說，志和大人是我的老知己。這樣的男人，怎能讓渡小子那等人看扁。」

聽道滿如此說，「哪裡哪裡，哪裡哪裡……」志和只是一副不好意思的樣子，不停搔著腦袋。

「結果怎樣呢？晴明，既然是那個男人，應該數了吧。」道滿說。

「是，數了。」

「減少了多少？」

「正好減少了一半，似乎都羽化爲胡蝶，不知飛到何處了。」

「也好，反正應該也是一半。就這樣饒了他吧。」

「就這樣饒了他？」

「那小子不是說過，雕成的龍，如果能嚇倒他，他願意把他的寶物分一半給志和大人嗎？」道滿說。

聽了道滿這句話，志和看似益發過意不去地搔著腦袋。

「可是，爲什麼用胡蝶呢……」博雅問。

「蝴蝶從卵羽化爲成蟲這段期間，會發生各種形或質的變化，本來就是很自然的事。把寶物變成那種東西，比較容易嘛……」

接著，道滿望向晴明。

「怎樣？晴明，喝杯酒再走吧。」道滿問。

「房內太窄，我們到外邊喝吧。」

道滿端著瓶子和自己的容器站起。

一行人來到外邊。

午後的陽光照射在河灘上。

鴨川的河水潺潺流動。

風，搖晃著河灘的草，一陣一陣吹過。

「這風眞舒服……」博雅望著河灘自言自語。

露子站到志和一旁，說：

「那隻猴子，太可愛了，我很喜歡……」

聽露子這麼說，志和再度害臊似地笑著。

「哪裡哪裡，哪裡哪裡……」

他又在不停搔著腦袋。

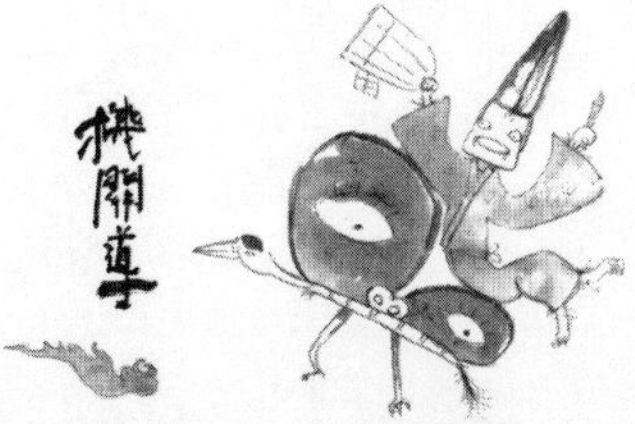

蛇紀行

一

牠一直跟在後面。

無論什麼時候回頭看，總有一條青蛇跟在後面。

自從離開信濃國[1]以來，始終有一條長約八尺的青蛇，落後在三、四間[2]之處，一直跟在後面。

伴正則爲此而感到左右爲難。

他非常在意那條蛇的存在。

今天是第三天。

迄今爲止的四年來，正則一直任職信濃守[3]，如今任期屆滿，正要返回京城。

只是，青蛇爲什麼會跟在後面？

搭船渡河時，本以爲那條蛇應該不可能繼續跟來，然而，青蛇依舊在離一行人約三、四間之處，彎彎曲曲地扭動著蛇身，跟在後面。據說蛇會游泳，那條青蛇大概是浮在水面游過來的，可是，牠到底如何游過有潮流的

1 相當於現在的長野縣。
2 「間」為日本長度單位，指兩柱間的距離，約一・八一八公尺。
3 「守」，國司行政官僚，掌有祭祀、行政、司法、軍事等大權。

河？

隨從打算轟走青蛇，但每次停住腳步等候時，青蛇即會停止爬行，不繼續蛇行至一行人附近。

既然如此，那就靠近一點趕走，可是，那條青蛇每次都在隨從接近之前，迅速地躲進草叢中。

「那條蛇肯定是妖物，我們務必要設法殺死牠。」隨從如此說。

「蛇這種生物確實是靈怪的一種，不過，牠同時也是許多地方敬以爲神的存在。只是趕走的話，倒還可以，如果殺掉，日後可能會遭來禍祟。就那樣讓牠跟著吧……」正則如此規戒隨從。

結果——

青蛇一直跟在一行人後面。

就在次日即將抵達京城的夜晚——

正則於半夜三更醒來。

覺得胸口堵得慌。

唔唔唔唔唔——

他發出呻吟，張開眼睛。

一行人投宿在一間小寺院，正則睡在正殿。

奇怪——

正則從被褥中抬起身，由於屋簷附近高處設有格子窗，月光自格子窗射入，四周看上去朦朦朧朧罩著青光。

這時，正則察覺到了。

窗下靠近牆壁的地方，飄浮著兩個發出綠光的小點。

到底是什麼呢——

那兩個小點，間隔相等，看上去似乎在緩緩搖來搖去。

本以爲是螢火蟲，不過，不是。

如果是螢火蟲，應該會閃爍，但兩個小點一直在發亮。而且，亮光與亮光的距離始終相等。螢火蟲的話，會變動。

咻嗚……

咻嗚……

兩個小點傳出低微的呼氣聲。

那附近應該擱著御衣櫃。

正則想起此事，於是起身，一步、兩步地挨近御衣櫃的方向。

突然——

正則在原地停住腳步。

因爲他明白了那兩個小點到底是什麼。

正是那條青蛇。

御衣櫃蓋上有一條盤成一團的蛇，在月光中，一閃一閃地伸出紅舌。

正則的頭髮倒豎起來。

「哇！」他發出叫聲。

二

梅雨已經結束。

強烈陽光正在烘烤著庭院，即便在屋簷下的背陰處，什麼都不做地坐著，背脊也會出一身汗。

「夏天到了，晴明……」

說此話的是博雅。

博雅坐在窄廊上，正在喝酒。

博雅的對面是晴明，也是在喝酒。

梅雨一結束就開始鳴叫的蟬聲，不停從頭頂上空傳來。

用酒杯接著蟬聲，和酒一起喝下的話，蟬聲也會在肚子中響起吧。

博雅端著酒杯，仰望青空，雙眼似乎在尋找自虛空而降的蟬聲。

「博雅啊，難道你想在上空尋找什麼東西嗎？」晴明問。

「尋找東西？」

博雅收回視線，望向晴明。

「是迦陵頻伽[4]或飛天[5]在上空飛舞嗎？」

「不是，晴明。我並非在尋找那類東西。」

「那麼，你在找什麼？」

「是雲，雲……」

「雲？」

「是的。我在想，雲朵到底在哪裡？」

「是嗎？」

「我想，天空太藍了，不知能不能看到一朵雲，無意地仰望天空而已。天氣這麼熱，眞希望來一場驟雨。」

4佛教中的「妙音鳥」、「好聲鳥」、「逸音鳥」、「妙聲鳥」。

5佛教中天帝司樂之神，又稱香神，樂神、香音神。

「博雅，要不，我來讓上天降雨吧。」晴明若無其事地說。

晴明連額頭都沒有滲出汗。他對這種暑熱到底可以感覺到何種程度，博雅完全推測不出。

「你能做出這種事嗎?!」

「不能。」晴明爽快地答。

「自在操縱這個天地大氣那類的事，並非那麼容易。」

「你這是什麼話，害我剛才嚇了一大跳。我還以爲要是你的話，或許辦得到……」

「所謂陰陽法，是一種理解天地到底根據什麼樣的咒而成立的法術，不是用來操縱天地的法術。不僅天地，人也一樣。」

「人也一樣？」

「陰陽法以及咒術，不是硬要支配人的法術。而是對天地中固有的氣，或人心本來就具有的自然感情起作用，之後，那人就會主動依據自己的自然感情而行動——說穿了，就是這樣……」

「什麼……？」

博雅一副似懂非懂的表情，望著晴明。

「不然，我再說得易懂一點……」

「等、等等，晴明……」

博雅還未說完，晴明便打斷他的話。

「譬如，在人身上施咒，命令他飛，他也飛不起來。」晴明道。

「那還用說。」

「那是因爲人本來就沒有在天空飛翔的能力。因爲在人的本性中，沒有可以在天空飛翔這項能力。」

「嗯。」

「可是，如果對人施咒，命令他去偷東西，對方會做出偷竊行爲……」

「唔，嗯。」

「這是因爲，人本來就具有偷竊這種行爲的本性……」

「唔……」

「沒關係，雖然我無法讓上天降雨，但我能向上天請求……」

「你說請、請求，是祈雨嗎？」

「沒錯，正是你說的祈……」

晴明說到此，蜜蟲出現在夏天繁茂的草叢中。

「有客人來訪。」蜜蟲稟報。

「是誰？」晴明問。

「是伴正則大人。」蜜蟲答。

「伴正則大人的話，應該已升任爲信濃守，現在不在京城才對呀……」

「據說今年任期屆滿，此刻剛回到京城。」

「哎，是這樣嗎？原來已經過了四年……」

國司的任期是四年。

伴正則任期結束，似乎已經回到京城了。

「伴正則大人的話，眞是好久沒見面了。」博雅開口。

正則是博雅的管弦之友。

他擅長吹笙，以前在京城時，曾和博雅合奏過幾次。

這時，正則踏在鴨跖草上走了進來。

「久違，久違，博雅大人，晴明大人……」

正則在不遠處躬身施禮。

他大概已經五十出頭了吧。

往昔住在京城時，正則的頭髮還很黑，現在已經夾雜著白髮。

正則草草寒暄後，便開口道：

「老實說，我有件事想和晴明大人商討，回到京城後，還未踏進敝宅，便直接來到這裡。」

「發生了什麼事嗎？」

「是。」正則點頭。

「有一條很奇怪的蛇，一直纏著我。」正則一籌莫展的樣子如此說。

三

三人坐在窄廊。

晴明、博雅，加上正則，正在喝酒。

但是，雖說在對飲，三人均只是於最初啜飲了微微沾濕嘴唇的一口，之後，酒杯便一直擱在食案上。

正則大略講述了來龍去脈。

「事情就是這樣。」

正則行了個禮。

「原來如此，是蛇……」晴明低聲道。

「那條蛇，現在在哪裡？」博雅問。

「爲了避開驕陽，我讓隨從在貴府大門下休息，剛才我進來時，那條蛇躲在距離四間的圍牆背光處，舉著蛇頭在觀看我們的動靜。我想，此刻應該也是那樣……」

「總之，我們去看看那條蛇吧。」

晴明如此說後，站起身。

三人行至大門一看，正則的隨從果然避開陽光，在背陰處各自隨意休息。

「蛇在哪裡？」正則問。

「在那邊……」

站在御衣櫃一旁的男人，指著不遠處。

晴明和博雅望向該處，看到一條約八尺長的青蛇，正揚起鐮刀形的蛇頭，望著這邊。

「我去看看……」

晴明一步、兩步地挨近，青蛇似乎嚇了一跳，霎時跳了起來，牠垂下舉

起的蛇頭，彈指間即以驚人的速度匍匐逃至遠方。
「這樣的話，根本毫無辦法。」晴明微笑道。
「那蛇可能感應到晴明大人的威勢，才逃掉的吧。如果牠因此而不再出現，我就十分滿足了。」正則說。
「不。那種東西，如果不完善處理，可能遲早又會出現。蛇會出現，必定有因。只要設法除去那個因，比恫嚇趕走應該更有效果。」
「可是，該怎樣做呢？」
「我們來問問蛇本身。」
「那樣的事，辦得到嗎？」
「試試看吧。」
晴明走至在大門下休息的隨從面前。
「你們之間，是誰最初發現蛇？」晴明問。
「是我。」
女僕之一一副惶恐不安的表情，站了出來。
「我什麼都不知道，我只是無意中回頭看了一下，發現後面有那條蛇而已……」

「妳不用擔心。我只是想讓妳幫忙一件事……」

晴明說畢，行至方才那條蛇的位置，於附近彎下腰，再伸出右手，用大拇指和食指捏起一撮泥土。

「那麼，跟我走吧。」

「去、去哪裡？」

「去敝宅。」

晴明如此說後，領先穿過大門。

四

此處是方才的窄廊。

博雅、正則兩人，坐在窄廊，俯視庭院。

晴明正站在庭院。

晴明眼前——方才那名女僕惴惴不安地坐在地面。

「妳一點都不用害怕。事情馬上結束，首先，請妳閉上雙眼。」

女人按照吩咐地閉上雙眼。

晴明伸出右手，用指尖觸及女人的額頭。
方才用右手在蛇停留位置附近捏取的泥土，緊貼在女人額頭。
「雖然有各式各樣的方法，不過，這種方法最省事。」
晴明將左手指尖擱在女人頭上，口中喃喃念起咒文。
「汝倘若聽聞吾呼叫，速速出來，現身於此女人的軀體……」
晴明如此說後，鬆開左手。
突然——
女人的身體震動了一下，睜大雙眼。
那雙眼睛已經不是人的眼睛。
而是渾圓、綠色的蛇眼。
女人張開口，咻一聲地吐出呼氣。
隨著呼氣一起伸出的舌頭，是黑色的，舌尖分裂爲二。
「晴、晴明，那、那是什麼?!」
博雅的聲音雖然微微變高，但晴明則一副安詳的表情。
「不用擔心。」晴明以平靜的聲音說，再俯視女人。
「妳爲何要跟在正則大人的身後？」晴明問

「不是。我不是跟在正則的身後。」

女人的聲音與方才不同，她用一種夾雜著摩擦聲的嘶啞聲音說著。

「那麼，妳到底在追趕誰？」

「追趕我的敵人。」

「敵人？」

「啊，我轉世投胎了三生，終於找到我的敵人。」

「什麼樣的敵人？」晴明問。

女人從蛇眼迸出眼淚。

「往昔的我，是人。三生前的我，是個住在西京某荒涼宅邸的女人。本來身分地位還算不錯，但家道中落後，我孤單一人和一名女僕便搬到那棟宅邸居住。而且和男人有來往。那男人說我的身體很適合他，每天晚上都來見我，我和他結過無數次的夫妻緣，我對他熟悉到令人可恥的地步……」

女人的聲音變低。

她似乎在啜泣。

「可是，這個男人移情別戀了。自從這個男人夜夜前往那個女人的住處後……」

女人微微搖晃著頭。

「我氣憤得很，氣憤得很，連呼吸都很痛苦，我化爲生靈，去觀看男人和那個女人的交合。那光景，眞的，比和我交合時更激情，這令我更不甘心，所以我附身在那女人身上，最終殺死了她……」

女人的聲音變得很小，微弱得幾乎讓人無法聽取。

「但是，女人死後，男人也沒有回到我身邊。結果，我就因爲患了相思病，痛苦至死……」

「哎呀……」發出叫聲的是博雅。

「我本來打算成爲鬼魂回到男人身邊，沒想到，那男人在同一時期也因患上流行病而死了，而且我不知道他到底轉世投胎到什麼地方……」

女人流出的眼淚，變成血淚。

「我第一次轉世投胎爲狗。變成狗的我，到處尋找轉世投胎的男人，不過，我始終沒有遇見他。第二次轉世投胎時，我是在地底中爬行的蚯蚓。即使尋找男人，也不可能找到。之後，我終於在信濃國轉世投胎爲蛇，獲得現在的身體。之後，我又尋找男人，這回好不容易才找到他……」

「那個男人，是我同伴中的某人嗎？」問此話的是正則。

「不，不。他雖然夾雜在你的同件中，但他不是人。」
「不是人?!」
「是老鼠。」
「老鼠?!」
「是的，那傢伙轉世投胎爲老鼠，因爲遭到我的追趕，逃進那個御衣櫃裡了……」
「然後呢？」晴明催促。
「我也可以一口氣吞掉他，但我辦不到。」
「爲什麼呢？」
「那個櫃子中，不知哪一件衣服，衣領縫有張抄寫著一段『法華經』的紙。因此，我無法進入櫃子。就那樣，我一邊等待機會一邊跟在後面，結果跟到京城來……」
「啊……」發出叫聲的是博雅。
「看來，妳非常喜歡那位男子。」
博雅雙眼噙著眼淚。
「我已經不明白了……」女人說。

「我已經不明白自己往昔有沒有喜歡過他。事到如今，我更不明白自己是不是憎恨那個男人。我只知道，我的肚子中有一團硬硬的，像肉瘤那樣，已經凝結成疙瘩的感情。那團疙瘩，到底是怨恨還是憎惡，或是情愛，我已經分不清了……」

女人緩緩站起。

「不過，眞是慶幸呀……」

女人搖搖晃晃地走向大門。

「喂、喂，晴明……」博雅出聲。

「這樣好嗎？」

「我也不知道。」晴明說。

晴明跟在女人身後。

博雅和正則兩人跟在晴明身後。

女人來到大門底下，在御衣櫃前止步。

「如果是蛇身，我辦不到，但用這人的身體的話，我辦得到。」

女人伸手搭在御衣櫃蓋子上。

晴明也伸手貼在蓋子上，壓住櫃子。

「求求您了，讓我打開這個蓋子好不好……」女人說。

晴明一聲不吭。

他緊閉著嘴，按住蓋子。

「我求求您了。您現在阻止我，我大概仍會做出同樣的事。今生要是不行，來世我大概仍會做出同樣的事。晴明大人，您打算在我的來世，還有其次的來世，都要這樣阻止我嗎？來生來世，萬古永劫，您都要這樣阻止嗎？」

「……」

「或者，您打算施咒，硬要除掉我這顆心嗎？」

「……」

「隨您吧，依您的能力，您應該可以在此刻降伏我、滅掉我，請便……」

晴明不動聲色。

過一會兒，晴明痛苦地呼出一口氣。

晴明凝視女人，之後，鬆開按住蓋子的手。

女人打開蓋子。

她依次抓住櫃子裡的衣服，一件接一件地扔掉。

「找到了。」

女人臉上浮出喜悅形色。
櫃底，蹲著一隻巨大黑鼠，全身正在直打哆嗦。
啪嗒一聲。
女人倒在地面。
老鼠趁機自櫃中跳出，順著地面奔逃。
此時——
一旁突然出現一條蛇，大口咬住那隻老鼠。
吱！
老鼠發出叫聲。
就那樣，青蛇咬著老鼠，以驚人的速度邊爬行邊離開現場，轉瞬間即消失蹤影。
「晴、晴明……」
博雅奔向晴明。
晴明默默無言地望著青蛇消失蹤影的方向。
「唔……」
女人發出呻吟，回過神來，站起身。

「噢……」

正則見狀，奔向女人。

儘管如此，晴明依舊默默無言。

「晴明……」

博雅體貼地伸手擱在晴明肩上。

「博雅啊，這種結果，好嗎……」晴明低微冒出一句。

「那當然……」博雅說。

「你不是說過，即便施予咒術，也無法操縱大自然的一切嗎……」

「是啊……」

「那也是大自然的形式之一吧……」博雅道。

「博雅啊……」

晴明望向博雅。

「你，眞是個好漢子……」晴明悄聲地如此說。

月之路

一

昔日——

有位名爲都良香[1]的文人。

他是在貞觀十七年（八七五年）成爲文章博士的人物，寫了不少精彩詩文。

不但通曉神仙道，《本朝神仙傳》[2]中也留下他的名字。

據說，某天，這位良香，出門前往琵琶湖竹生島的弁天堂。他在該地作了一首詩。

三千世界眼前盡（眼前大千世界無窮盡）

他寫了這樣的上一句。

然而，不知爲何，卻寫不出下一句。

當天夜晚，他沒有完成詩文就入睡，結果，夢中出現辯才女神[3]。

---

1 都良香（西元八三四～八七九年），日本平安時代前期的文官、著名詩人，官至從五位下、文章博士。

2 平安時代後期，由當代碩學大江匡房寫成的日本第一本神仙說話集。

3 「辯才天」、「辨財天」或「辯（辨）天」，原佛教的辯才女神形象，將她視為增長智慧、增長福德的女性本尊。更進一步傳至日本後，成為日本民間信仰七福神中唯一的女性。

十二因緣心裏空（心裡十二因緣空淨淨）

辯才女神替良香填了下一句。

此事在宮中成爲話題。

「哎呀哎呀，不愧是都良香大人。可能是他的詩也感動了辯才女神吧。」

「等等、等等，再怎麼說，辯才女神畢竟也是神祇。這個應該不是神祇，而是某個愛好風流的鬼魂冒充了神祇之名吧。」

「無論神祇或鬼魂都好。管他是神是鬼，總之都是因爲良香大人的詩文太出色了……」

據說，殿上人[4]如此說是談非。

二

眾人有一杯沒一杯地喝著酒。

---

4 有資格在天皇便殿清涼殿登殿，朝謁天皇的從五位（品）以上的日本古代職官。

此處是船上。

船行駛在夜晚的琵琶湖上，眾人正在喝酒。

船上有安倍晴明和源博雅，以及蟬丸法師。

徐緩搖櫓划船的，是式神呑天。

月亮升至靠近中央之處。

離滿月還有一天，是豐潤發青的月亮。

眾人一面喝酒，一面隨著興致，有時讓博雅吹笛，有時讓蟬丸彈琵琶。

這天——

由於梅雨結束，持續幾天都放晴，晴明和博雅出門造訪睽違已久，住在逢坂山的蟬丸法師。

見面後，眾人決定，既然專程來了，乾脆下行至大津，在琵琶湖上泛舟，一面觀賞月亮一面喝酒，於是，三人在傍晚準備了酒和酒餚，此刻正在湖面泛舟。

傍晚，划出小舟時，月亮已經掛在上空。

隨著夜色加深，月亮升得更高，青空也益發澄澈。

博雅望著映在湖面的月亮，嘆了一口氣。

「據說那個李白翁，正是爲了伸手掬取映在池面的月亮，掉落水中而過世，他那種想打撈月亮的心情，我可以理解……」

博雅說畢，端起酒杯送至口中。

「我雖然看不見月亮，不過，自從雙眼看不見之後，我總覺得映在心裡的月亮愈來愈大。」

不知是不是察覺了博雅的動靜，蟬丸仰起臉，盲目雙眼正確地望向上空的月亮。

徐緩的波浪輕輕擊打船緣。

光滑的水面，映著星月。小舟似乎浮游在天地之間。

就在眾人打算返回岸邊時，突然吹起一陣風。

每逢呑天搖櫓想將小舟划向岸邊時，風就會變得更加強大。

是吹自西南方的風。

小舟開始被沖往東北方。

方才那般平穩的湖面，此刻興起浪花，隨著風勢漂流的小舟，速度益發加快。

「喂，喂，晴明。你有辦法控制這陣風嗎……」博雅問。

晴明一副若有所思的樣子，默默無言地凝望上空，似乎在觀察天空的動靜。

「喂，喂，晴明……」博雅再次呼喚。

「別擔心，博雅。」晴明總算開口，「看來，這陣風好像不打算危害我們。」

「什麼?!」

「我們最好暫且聽任這陣風的安排吧……」

晴明命呑天停止搖櫓，讓小舟隨風漂流。

琤琤……

蟬丸在風中鳴響琵琶。

琵琶聲隨風升至上空。

「博雅，你來吹笛……」

聽晴明如此說，博雅似乎也死了心，取出葉二，貼在嘴唇。

琵琶聲和著笛聲，在風中流響。

三

黎明——

小舟漂流至四周都是松樹的岸邊。

讓小舟靠岸，一行人上陸後，發現東方有座小島。

「那不是竹生島嗎？」博雅問。

小舟似乎從大津漂流至琵琶湖北方。

這時——

「老僕在此聽候已久。」聲音響起。

望向聲音的方向，原來背後的松樹林中，站著一個身穿白色公卿便服的老人。

「此地是……」博雅問。

「是牧野。」老人恭敬地行禮。

「您剛才好像說，您在此聽候……」晴明問。

「是，老僕在夢中受到啓示。」

老人走過來。

「請問三位是否是安倍晴明大人、源博雅大人、蟬丸大人……」老人如此問。

四

「最近，老僕每天晚上都做著類似的夢。」過了一會兒，老人開口。

方才讓呑天留在靠在岸邊的小舟，晴明、博雅、蟬丸三人，跟在老人身後，走進松樹林中。

松樹林中，有座雖然看上去很質樸，但構形極美的神殿。

「這是？」博雅問。

「是祭祀水神，泣澤女神[5]的神殿。」老人說。

「我們這裡雖是個小村，但因爲此地是大川、生來川、百瀨川這三條河川匯集流入之處，所以我們如此祭祀著泣澤女神。我是守護神殿的僕使。」

在老人的敦促下，三人進入建在神殿一旁的小宅子。

進屋後，老人開始講述夢中的事。

5原文為「泣沢女神（なきさわめのかみ，nakisawameno kami）」，是日本神話中的女神。因神名中的「澤」字，被視為井水湧泉之神。

據說，這一個月來，老人的夢中總是出現一位套著華麗青色唐袍的女子。

那女子在夢中哭泣。

她用袖子捂著臉，有時從袖子後抬起臉，以極爲悲傷的眼神凝視老人。

這點令老人非常在意。

「怎麼了？妳爲什麼用那樣悲傷的眼神在哭泣呢？」

即便老人如此問，女子也不回答。

幾天後，老人在夢中問：

「我能爲妳做些什麼事嗎？」

「不，你不能。對方力量太強大了。」

「到底是什麼事呢？那個對方，指的又是誰呢？」

「是很可怕的東西……對方正打算封鎖來路。啊，請你，請你，請你幫我一個忙……」

「我該怎麼幫妳呢？」

「有幾位大人，說不定會來這裡。」

「幾位大人？」

「那幾位大人會不會來，全看他們願不願意，不過，如果他們來了……」

「那幾位大人能夠幫妳嗎？」

「他們是安倍晴明大人、源博雅大人、蟬丸大人。如果他們願意，明天早上，他們應該會出現在此地的岸邊……」

據說，女子如此說後，便消失了蹤影。

「然後，今天早上，老僕到岸邊一看，幾位大人果然光臨了。」老人說。

「這麼說來，昨晚的風……」博雅望向晴明。

「看來，是夢中那位天女吧。」晴明點頭。

「晴明，難道你在事前就知道此事……」

「不，我只明白那不是大自然的風，至於箇中詳情，我也不可能知道。只是，那陣風不是邪惡的風，我就想，乾脆順著風，順著對方的召喚，聽任風的安排。」

「可是，夢中那位天女，到底要我們幫她什麼忙呢？」

「別急，今天傍晚，等滿月升起時，事情就會真相大白吧。昨晚吹了一晚上的風，我都沒睡好。直至傍晚之前，我們先在這裡休息休息……」

五

到了傍晚。

晴明、博雅、蟬丸三人，與老人一起站在神殿前的岸邊。

太陽即將完全西沉。

就在月亮快要升起的時刻，本來很晴朗的天空，出現了雲。

說是雲，不如說是瀰漫於水面上的霧，霧逐漸加深，方才還看得見位於東方的竹生島，已經看不見了。

同時，天空還有殘留的陽光，四周應該仍很明亮，此刻竟暗得如同黑夜。

「晴明大人……」低聲叫喚的是蟬丸法師，「我感覺好像有妖氣出現……」

「您果然察覺到了。」晴明說。

「是。自從我雙眼看不見之後，我對這類事變得非常敏感。」

蟬丸依舊背負著琵琶，似乎在傾耳細聽四周的動靜。

「我也覺得，這團霧，好像有腥味……」博雅說。

「確實有……」老人點頭。

晴明一忽兒聞著霧的氣味，一忽兒又望向天空。

「跟我來……」

說出這句話後，晴明帶頭跨出腳步。

晴明順著琵琶湖面左邊，一直往前走。

三人跟在晴明身後。

前方不遠處，是百瀨川流進琵琶湖那附近。

晴明走進那附近的松樹林中。

晴明止步。

三人也跟著止步。

「看那個……」

晴明低聲指點。

博雅和其他人望向該方向，松樹林的陰暗處似乎有什麼東西。

而且，傳出聲響。

啪！

啪！

有兩個黑影。

目不轉睛看的話，可以看出黑影之一是大小如狗的蟾蜍。

另一個黑影則爲大小如人的青色巨猿。

青色巨猿——青猿右手似乎握著小樹枝，正在用小樹枝擊打蟾蜍的背部。

啪！

啪！

這聲響是那青猿用樹枝擊打蟾蜍背部的聲音。

青猿每擊打一次，就會說一次：

「快吐！」

然後再擊打一次，接著說：

「快把路藏起來！」

之後再啪一聲地擊打。

每當樹枝擊中蟾蜍的背部，蟾蜍就會張開大口。

然後，從口中呼呼漫溢出含有瘴毒、雲朵般的霧氣。那霧氣剛好飄向琵琶湖的水面。

「快吐！」

啪——

「快把路藏起來！」

啪——

如此，蟾蜍口中溢出更多瘴毒般的霧氣，流漫在四周。

「應該是那個。」晴明低語。

「晴明啊，那個到底是什麼？」

「我去問問看。」

晴明說畢，留下三人，逕自朝青猿的方向走去。

「你在做什麼？」晴明問。

聽到晴明的聲音，青猿才察覺有人。

「你是誰？」

青猿停止擊打蟾蜍，望著晴明。

「我名叫安倍晴明。」

「噢，是那個住在京城土御門大路的晴明吧。你打算阻礙我的事嗎……」

「阻礙你什麼事？」

「我要把路藏起來，讓那傢伙不能來。你不要阻礙我。」
青猿喀地張開大口，露出兩顆白色獠牙，吐出青綠色瘴毒。
晴明微笑迎著瘴毒。
「那個對我不管用。」
晴明輕輕揮動右袖，瘴毒隨即散落於四面八方。
喀！
喀！
青猿再度吐出瘴毒，卻噴不到晴明身上。
不久——
「晴明，你這小子真是多管閒事！這事根本和你無關……」
青猿似乎很不甘心，咬著獠牙，吱地大叫了一聲，再砰地跳到松樹樹枝上後，就此消失蹤影。
結果，一直從口中吐出霧氣的蟾蜍，閉上嘴巴，慢吞吞地開始前行，從岸邊進入湖中，在水中溶化般地消失蹤影。
「接下來，我們來看看到底會發生什麼事……」晴明微笑著返回原處，向眾人如此說。

立在神殿前的湖邊觀看，只見霧氣逐漸淡化，天空也逐漸放晴。

「噢……」博雅發出叫聲。

此時，竹生島上空正好掛著滿月。

是一顆帶點紅色的金色月亮。

剛剛升起的月亮通常呈現那樣的顏色，不過，今晚的月亮，金光格外耀眼。

水面閃閃發光，那亮光從竹生島延續至湖邊。

突然——

琤琤……

遠處似乎傳來某種聲響。

琤琤……

那聲響頗有深度，好像會滲入人心。

「是琵琶嗎……」博雅自言自語，說畢，又望向蟬丸道：「不，不是琵琶的聲音。」

「沒錯，這不是琵琶的聲音。」蟬丸點頭。

到底是什麼聲音？

琤琤……

每逢那聲音響起，其音色便會傳至湖面，音波與水面的波浪接觸，彼此重疊，讓本來已很平坦的湖面更加平坦。

琤琤……

琤琤……

如此，聲音響著響著，竹生島的方向緩緩出現某物。

那某物從竹生島逐漸往這邊挨近。

從竹生島至眾人站立的湖邊，形成一條月光之路。

在那條月光路上，有某物徐徐地挨近。

「是牛車。」說此話的是老人。

那某物確實是牛車。

仔細觀看逐漸挨近的牛車，原來是一頭黑牛牽拉著一頂轎子。

那頭牛和轎子，沒有沉入水中，順著水面上的月之路，徐徐往這邊挨近。

坐在轎子上的來者，有八條手臂。

其中之一的手臂，握著弓，另一條手臂正在彈弓弦。

每彈一次弓弦，便會響起聲響。

琤琤……

琤琤……

「是辯才女神……」老人道。

辯才女神——竹生島供奉的神祇。

往昔，聖武天皇[6]做了一個神明來囑託的夢，夢中出現天照大神[7]。

「命你在琵琶湖的竹生島上供奉辯才女神。」

天照大神對聖武天皇如此說，之後，辯才女神即成爲竹生島祭祀的神祇。

「那位是從天竺過來的神祇，佛陀的守護神……」晴明說。

黑牛牽拉的轎子挨近。

這時——

靠近湖邊的松樹樹枝傳出叫聲。

「吱！」

一條影子飛至半空。

是那隻青猿。

6 日本第四十五代天皇。

7 女神，日本天皇的始祖，神道最高神祇。

正當青猿看似撲向辯才女神時，辯才女神舉起手上的弓。
砰！
擊中青猿。
「吱吱！」
青猿像被彈出般地掉落水中。
接著——
直至方才仍很平坦的月之路，開始起微波。
直至方才仍在響的弓聲，也不再響起，水面搖晃起來。
黑牛和轎子開始沉沒。
原來是青猿遭弓擊中時，用獠牙咬斷了弓弦。
這時——
琤琤……
聲音響起。
蟬丸不知於何時已經抱著琵琶，彈起弦來，琵琶傳出和弓聲一樣的音色。
從竹生島至這邊的湖邊，再度形成月之路，黑牛順著那條路又往前行

走。

「太感謝了……」

背後響起聲音。

套著青色唐袍的女子，正從神殿方向朝湖邊走來。

「我是自古以來在此地被供奉的泣澤女神。」女子在四人面前止步，如此說。

「每年一次，滿月升空時，從竹生島至此地，會形成一條月之路。辯才女神大人正是順著這條路光臨此地，迄今爲止，我們每年都相會一次，但是，那隻青猿出現以後，開始從中阻礙。」

「猴子……」博雅道。

「是住在京城附近日吉的猴子，因爲牠活了一百年，具有神通力，逐漸做起壞事，後來遭日吉神祇趕出，來到我們這個地方。之後，牠又暗戀上我，於是從中阻礙我們相會。正如幾位大人此刻所見那般，每年一次的這個時期，倘若月之路被掩蔽，我們便無法相會……」

泣澤女神望向晴明。

「當我得知幾位大人於昨晚在琵琶湖上泛舟後，即利用風呼喚了您，不過，假如您不願意來，打算返回的話，我也無法實現此事。對此，我衷心感謝您……」

泣澤女神行了個禮。

「往昔，都良香大人曾作了一首詩，上一句詩獻納給竹生島，下一句詩獻納給我的神殿，以此爲契機，辯才女神大人才開始往返此地。」

泣澤女神自湖邊朝水面邁出腳步。

牽拉轎子的牛車已經踏上湖底。

「請稍候。」蟬丸在泣澤女神背後呼喚。

泣澤女神停住腳步，回首。

「請帶著這個……」

蟬丸遞出琵琶。

「請您將這把琵琶交給辯才女神大人。再轉告女神大人，待您回來時，可以用這個……」

「感激不盡……」

泣澤女神伸手接過蟬丸手中的琵琶。

「非常感謝。」

泣澤女神施禮後，轉過身去。
她在湖邊登上辯才女神來訪的轎子。
之後，泣澤女神和辯才女神的身姿，以及辯才女神乘坐的轎子與黑牛，全都消失蹤影。
眼前只剩一條在水面閃閃發光，從竹生島延伸至湖邊的耀眼月之路。
這時——
「嗷嗚……」
「嗷嗚……」
四周響起一陣慟哭聲。
「我眞的很喜歡她！我是眞心愛著她的……」
是那隻青猿的聲音。
「嗷嗚……」
「嗷嗚……」
慟哭聲不停在湖面作響。

六

歸途，從琵琶湖北方划向大津時，始終吹著舒暢的風，晴明一行人幾乎不用操縱小舟，便抵達大津。

來自天竺的神祇辯才女神，通常以「妙音天」的形象被描畫成手持琵琶的身姿，不過，其實她手上本來沒有琵琶。

持琵琶那隻手，起初拿的是弓和箭。

至於何時開始變得手持琵琶，則不得而知。

蟾蜍佛

一

胡枝子[1]在風中搖曳。

開著無數紅色小花的樹枝，正在隨風緩緩搖曳。

秋色已經悄然降臨在晴明宅邸的庭院。

「眞是不可思議的花……」

博雅自言自語。

博雅坐在晴明宅邸的窄廊，正在喝酒。

倘若處於陽光下，依然會感覺熱，但在屋簷下的背陰處吹著風，便不會感到那麼熱。

「什麼意思？」晴明問。

「我在說那株胡枝子。」博雅邊將酒杯送至口中邊回答。

「胡枝子怎麼了？」

博雅口裡啜飲著酒，喝下一半後，說：

「只要看到胡枝子開始開花，不知爲何，我總會心慌意亂起來。」

1 學名*Lespedeza*。別名掃條。枝條細緻柔軟，伸長後常呈四散下垂狀。花朵有白色與粉紅色的品種，一般於秋季開花。

「是嗎？」
「我的意思是，我只要看到胡枝子開花，就會突然明白，原來夏天結束了，或者說，夏天即將結束了……」
「是嗎？」
「春天時，我還在打算要做這個、要做那個，有許多事想做，可是，這些事情還未完成一半之前，不知不覺中，夏天就結束了。晴明啊，這件事總是令我感到很驚訝……」
博雅擱下酒杯，感慨萬千地望著胡枝子。
「我明白，花並不是爲了教導人這種事才開花。可是，我只要看到胡枝子的花，就會這麼想……」
「……」
「胡枝子不是在夏天，也不是在秋天，而是在這種季節與季節之間的時期開花。夏天即便結束了，秋天也不會馬上來臨。不過，胡枝子會開花，待花全部飄落後，秋天已經到了……」
「嗯。」
「人的一生，不正是那樣嗎……」

博雅端起酒杯。

「等我們察覺時，我們會發現，原來我們已經過了最盛期，正站在盛開的胡枝子之前，是不是這樣呢？晴明。」

「有道理……」

「晴明啊，我們正是那株胡枝子……」

「我們？」

「是啊。我們的年齡，正好處於人的一生的中間期。既不是春天，也不是夏天。可是，又不是秋天，亦不是冬天。恰好如夏天和秋天之間這時期開的花，那正是我們……」

「是嗎？」

「正是胡枝子會令人想起這類事，我才說不可思議，我想說的正是這種意思，晴明……」

博雅總算把酒杯送至口中，喝乾了剩餘的酒。

龍膽和黃花龍芽也在庭院草叢中，三三兩兩地開著花。

這些花都在風中各自隨風搖曳。

博雅擱下酒杯，嘆了一口氣。

「對了，藤原景之大人快要來了吧？」博雅想起此事地說。

「是啊。」晴明點頭。

這天，博雅前往晴明宅邸。

「雖然事情有點突然，不過，有人來傳話，說藤原景之大人將來訪。」

晴明對博雅如此說。

「藤原景之大人似乎有事找我商討。我告訴對方，今天，源博雅大人也會光臨，如果大人不介意，請勞駕，結果對方回說不介意。只要你願意，一起同席吧，你覺得怎樣？」

聽晴明這般說，博雅答：

「既然對方不介意，我也不介意。」

此刻的博雅似乎正是想起這件事。

「話說回來，景之大人好像找過那個最近在京城很有名的蟾蜍法師，讓法師幫他尋找失物。」博雅說。

「嗯，聽說，景之大人遺失了傳自唐國的雕龍硯台，請法師占卜後，結果，似乎掉落在宅邸庭院……」

「這件事我也聽說了。景之大人說，他在庭院作和歌時，把硯台擱在一旁

的石頭上，可能當時滑下了，就掉在庭院。景之大人又說，他和家裡人都以爲收拾起來了。可是，下一次打算使用時，因爲沒找到，出動家裡所有人找東找西，鬧了一場。結果，讓蟾蜍念佛之後，竟然說中了遺失硯台的地方……」

「嗯。」

「聽說那隻蟾蜍相當靈驗……」

博雅說的蟾蜍法師，是最近在京城廣受好評，讓蟾蜍念佛尋找失物的法師。

二

近來，有個名爲鳴德的陰陽法師所進行的蟾蜍念佛法事，在京城引起街談巷議。

這個陰陽法師行蹤不定，有時出現在朱雀大路，有時出現在東市市姬神殿前，總之，他每次都會在眾多人聚集的地方，進行所謂的蟾蜍念佛法事。

主要項目是尋找失物或找人等，同時，如果該人有什麼猶豫不決的問題，他也會提出解決方法。

例如爲了男女關係而大傷腦筋的人。

「你最好不要再和那種女人來往。」

他會如此向對方說，有時，也會偷偷告訴對方該如何施咒，讓移情別戀不再前來的男人回心轉意。

首先，鳴德法師會在眾多人聚集的地方，站在一棵形狀不錯的樹下——如果在市姬神殿前的話，就是那棵松樹樹蔭下。

他身旁有座高及腰部的木製台座，上面坐著一隻大小如狗的蟾蜍。

人們看到這隻大蟾蜍時，都會大吃一驚。

蟾蜍不是人工製品。

是活蟾蜍，即便一動也不動，牠有時也會骨溜溜地轉動眼珠，令觀眾一眼便能看出是活的。

這隻蟾蜍，戴著一頂烏帽。

光是如此，即能令蟾蜍看上去像個人。蟾蜍的大小和烏帽，令觀眾在不知不覺中，會認爲這隻蟾蜍或許擁有超出人類智慧的靈力。

「來啊，這隻蟾蜍會推算喲。」鳴德說，「無論失物、失蹤的人，這隻蟾蜍都會當場指出失物在哪裡，或失蹤的人在哪裡。有煩惱的人也可以來商

討……」

觀眾聽到此喚聲，若有人搭腔：

「我想找一樣東西……」

鳴德便會問：

「什麼樣的東西？」

「我母親遺留的梳子丟了，你能幫我占卜一下梳子到底在哪裡嗎……」

該人如此說。

「你最後看到那把梳子是什麼時候？」鳴德問。

「是某日某時。」該人答。

「那把梳子平時都放在哪裏？」

「放在這般那般的地方……」

「如果被偷了，就很麻煩。要推算梳子在哪裡，會比較難。你家有幾個僕人？父親還健在嗎？你家東方有什麼？北方有什麼？遺失梳子那段時期，你有沒有出門過？」

該人要一一回答鳴德的這些提問。

問答結束後，鳴德再問蟾蜍：

「蟾蜍大人，蟾蜍大人，事情如您方才所聽那般。失物到底在何處？」

此時，蟾蜍會發出帶有某種旋律的叫聲。

噗嗚吽。

噗嗚吽。

噗嗚。

噗嗚。

噗噗噗。

「噢，這是《般若心經》。蟾蜍大人此刻在念經，牠正在向觀音菩薩大人詢問失物的所在。」鳴德說。

聽鳴德如此說，在場的人便會覺得本以爲只是發出叫聲的蟾蜍，此刻聽起來眞的猶如在念《般若心經》。

觀自在菩薩
行深般若波羅密多時
照見五蘊皆空
度一切苦厄

過一會兒，待蟾蜍念完《般若心經》，鳴德會問：

「蟾蜍大人，怎麼樣？菩薩大人怎麼說？」

接著，蟾蜍會發出低沉的聲音。

噗噗噗。

噗牟牟。

噗牟牟。

噗鳴吽。

噗鳴吽。

鳴德將耳朵貼近。

「噢，原來如此，是嗎？是嗎？那把梳子在家裡大炊房那裡嗎？是嗎？擱在那個架子上嗎……」鳴德說。

「那麼，你立刻回家，到蟾蜍大人剛才說的地方找找看。找到的話，明天再給我錢。不用擔心，我明天也在這裡。要是沒找到，免費。不過，如果你找到了，卻不來這裡付錢，小心你會馬上遭到報應。快，快，快回去吧，快回去吧……」

次日，該人前來。

「找到了，找到了。正如蟾蜍大人所說那般，梳子在大炊房的架子上。」

該人會如此說，然後擱下禮品或費用，再回去。

有時，聽完對方講述各種事項後，鳴德會這樣說：

「唔，唔。那個失物，實在沒辦法找到。可能被法力比蟾蜍大人更強的其他神祇藏起來了，要不然就是妖魅之類的拿走了……」

不過，只要鳴德說「在某某處」時，大多數的失物都會出現。

到了傍晚，鳴德會啪嗒啪嗒地疊起蟾蜍坐著的台座。那座台座會成爲一塊可以捧在手中的木板。

「各位，明天見……」

鳴德如此說後，會捧著木板離去，不知走向何方。

那隻蟾蜍則會在鳴德身後，一冒一冒地跟著走——

此事廣受好評，也因此，鳴德和這隻蟾蜍在的地方，總是人山人海。

三

「原來如此，是黃金製的觀音菩薩像被偷走了，是吧？」

說此話的人是晴明。

「正是。」

點頭的人是藤原景之。

景之說，他在三天前早上發現那尊觀音菩薩像不見了。

每天早晨，景之都會在這尊觀音菩薩像前唸《觀音經》。

高度約兩寸半——

是一尊黃金製的小雕像。

三天前早上，他如常地打算念經，打開安置在佛堂的佛龕一看，這尊觀音菩薩像竟然不見了。

「聽說，景之大人曾利用蟾蜍念佛找到遺失的硯台……」

「噢，晴明大人，您怎麼知道這事……」

「有關這尊觀音菩薩像，您試過蟾蜍念佛嗎？」

「我當然立刻去了……」

「結果怎樣？」

「結果，他們也不知道。」

「不知道？」

「法師這麼對我說——這可能是某位強力神祇或妖魅做的。以我們的力量，實在沒辦法……」

「是嗎？」

「我想，如果眞是神祇或妖魅做的，最好找晴明大人商量，所以才專程前來。」景之一副束手無措的表情說。

「您一定很操心吧。」

博雅說畢，望向晴明。

晴明看似在思索某事地說：

「這到底該怎麼做才好……」

晴明緘默了一會兒，終於開口。

「那位蟾蜍法師大人，現在在哪裡呢……」

「這個啊，大概在神泉苑南門下那一帶……」

「那麼，請景之大人勞步，此刻再去蟾蜍法師大人那兒一趟，這樣告訴他……」

晴明先如此說，再說出打算讓景之轉告給蟾蜍法師的內容。

四

細長月亮掛在上空。

微弱降下的月光，隱約照亮夜晚的庭院。

秋天的蟲在草叢、樹梢間不停鳴叫。

紫竹蛉[2]。

金琵琶[3]。

蟋蟀。

金鐘兒[4]。

石蛉[5]。

僅過了一日，秋天似乎突然加深了。

「會來嗎？晴明……」小聲說話的人是博雅。

---

2 學名*Oecanthus longicauda*，中文學名「中華樹蟋」，日文原文為「邯鄲（かんたん，kantan）」。其外觀纖細修長，頭小而翅寬，形似琵琶，也像蟋蟀。

3 學名*Xenogryllus marmoratus*，中文學名「雲斑金蟋」，日文原文為「松虫（まつむし，matsumushi）」，成蟲秋季出

此處是藤原景之宅邸的庭院——晴明和博雅站在正房陰影中，正在等待。

「會來。」晴明答。

「可是，就算會來，你是不是也可以告訴我，到底來的是什麼？」

「這個嘛，到底來的會是什麼呢……」

「你也不知道嗎？難道連你都……」

「我雖然不知道，但推斷得出。」

「你推斷出什麼？」

「不說。」

「你不要擺架子，告訴我有什麼不好……」

「我沒有在擺架子。」

兩人的聲音都很小。

類似在竊竊私語。

兩人交談時，都將嘴巴湊近對方的耳朵。

「我說，晴明啊，你到底爲什麼讓景之大人那樣說呢？今天晚上，我們在這裏這樣等著某種東西來，是不是和那些話有關？」博雅問。

沒，不具趨光性，鳴聲像高音笛十分悅耳。

4 學名*Homoeogryllus japonicus*，中文學名「日本鐘蟋」，日文原文為「鈴虫（すずむし，suzumushi）」。成蟲出現於夏、秋兩季，雄蟲鳴叫像鈴聲「ㄌㄧㄥㄌㄧㄥㄌㄧㄥ」輕脆悅耳，數量不多見。

5 學名*Ornebius kanetataki*，中文學名「凱納奧蟋」，日文原文為「鉦叩（かねたたき，kanetataki）」。體形略扁平，因身上布滿鱗狀物故又名「鱗蟋」。

——哎呀，嗚德大人，因爲我還想問您一件事，就這樣來了。是這樣的。

我做了一個夢。敝宅庭院北方有座小佛堂，我在裡面安放著一尊這麼大小的釋迦牟尼雕像。是的，是高約四寸的黃金雕像。

之前，我請人同時製作了這尊雕像和遺失的那尊觀音菩薩像，正是這尊釋迦牟尼雕像出現在我的夢中。

「本主極爲不安，你能不能放本主出來，將本主託付給適當的寺院？」釋迦牟尼雕像這樣說。

「本主待在此處，不知什麼時候又會像觀音菩薩像那般，遭某人偷走，所以麻煩你幫本主做這件事……」

因此，我打算在明天進行這件事，只是，到底是做了好，還是不做好，我來請您幫我占卜一下。

聽了景之這番話，嗚德立刻讓蟾蜍念佛經，占卜此問題。

「可以吧。」這是嗚德的回答。

將近傍晚時，景之前來向晴明報告此事。

這正是今天的事。

「既然如此，我就走一趟。」晴明說。

「去哪裡？」

「正是貴府，去景之大人的宅邸。」

「什麼時候？」

「今天晚上。」

於是，今天晚上，晴明和博雅才會身在藤原景之宅邸。

不遠處對面——松樹下有一座小佛堂。

此刻，晴明和博雅站在正房陰影下，正在守望那座小佛堂。

「不過，晴明，那座佛堂，會不會太新了點？即便這是爲了引誘某物過來的圈套……」博雅問。

「噓！」

晴明在紅唇前豎起右食指，示意博雅不要出聲。

「什麼事？晴明，怎麼了？」博雅問。

晴明無言地指向庭院某處。

博雅望過去，發現該處蟠踞著一團看似黑影的東西。

奇怪，剛才有那樣的東西嗎？

博雅不解地望著那團東西。

突然，那團黑色岩石蠢蠢動了起來。

「是、是蟾蜍，晴明……」博雅說。

晴明和博雅繼續望著那團盤踞的黑影。

蠢蠢！

那團黑影——巨大蟾蜍突然又動了起來。

蠢蠢！

蠢蠢！

那隻蟾蜍在微弱月光中，一面蠕動，一面朝佛堂前進。

不久，蟾蜍來到佛堂前，用兩條腿站了起來。

牠伸出雙手貼在佛堂門上，推開門。

蟾蜍把臉塞進門中。

過一會兒，蟾蜍的頭從門內出現。

牠口中叼著一樣閃閃發光的小東西。

是佛像。

蟾蜍臉朝天站起，晃動了兩三次頭，不知何時，佛像竟然消失於蟾蜍口中。

蟾蜍再度四腳趴在地面，走向剛才出現的方向。

「博雅，我們追上去。」

如此，晴明和博雅開始追趕那隻蟾蜍。

五

途中，蟾蜍跳了起來。

蟾蜍只跳了一次，便跳上圍牆，眨眼間，即消失在圍牆另一方。

晴明和博雅從大門出來，兩人四處張望地尋找蟾蜍身影。

當下便看到蟾蜍。

蟾蜍來到朱雀大路，開始南下。

「喂，晴明。」博雅一邊追趕，一邊小聲問。

「什麼事？博雅。」晴明答。

「你一開始就推斷出那隻蟾蜍會來嗎……」

「嗯。不是蟾蜍，便是鳴德法師大人，兩者之一。」
「這麼說來，也就是說……是那個鳴德法師偷走了黃金觀音菩薩像……」
「嗯。」
「剛才偷走的那尊釋迦牟尼像呢？」
「那只是一尊發出金光的假佛像。爲了讓假佛像看似眞佛像，特地蓋了一座佛堂，將佛像擱在裡面而已。」
「可是，這不就等於說，是鳴德法師大人操縱蟾蜍進行偷竊行爲嗎……」
「正是這樣。」
「你怎麼知道的？」
「當然知道。他讓蟾蜍發出像是念經的聲音，再說蟾蜍念的是《般若心經》，大眾便會中咒，聽成是念經聲了。」
「不過，失物呢？」
「只要問來者遺失物品當時的詳細狀況，腦筋聰明的人，通常可以推斷出失物在哪裡。再說，沒有被猜中的人，又不是於事前先付錢，不會特地前來拆穿，所以看上去似乎猜中了許多例子。順便再詳細問對方家裡的房間佈局以及其他事，預先得知哪裡有値錢物品，日後再讓蟾蜍去偷竊。這招不是萬無一失嗎……」

「你怎麼知道的？」

「坦白說，其他也有像景之大人那般，家中重要物品失竊的例子。有幾個人來找我商討。我問了詳細狀況，原來，每家在失竊前，都去找過鳴德法師大人進行蟾蜍念佛法事。我在聽景之大人說明緣由時，頓時恍然大悟。」

「是嗎……」

兩人如此交談時，蟾蜍依舊繼續南下。

蟾蜍來到羅城門下，總算停住腳步。

晴明和博雅隨後步入羅城門下，發現地上躺著一個人。

那隻蟾蜍坐在該人一旁，一動也不動。

晴明蹲下，探手碰觸躺在地上的人，該人的咽喉裂開一個大口，流出大量鮮血。

已經沒在呼吸，明顯斷了氣。

此時——

門上傳來哈哈大笑聲。

「我總算找到這個鳴德臭和尚，並殺了他……」聲音如此說，「門下的

人是誰？」

「是土御門大路的晴明……」晴明答。

「噢噢噢嗚……」

叫聲響起。

「那麼，跟你在一起的人是源博雅嗎……」

那聲音問。

「沒錯。」博雅答。

「噢嗚，可恨呀，可恨呀，此刻在門下的，正是阻撓了我情路的那兩個人嗎？」聲音道。

那聲音聽起來似曾相識。

「前些時的夏日，在牧野之地，你們兩人擺了我一道。」那聲音說。

「你是那時的青猿嗎?!」博雅問。

兩人眼前，出現一條從門上跳下的影子。

正是那隻青猿。

晴明和博雅與蟬丸法師，三人曾在琵琶湖一起泛舟，當時遭遇一陣風，小舟隨風漂流至琵琶湖北方。

在該處，三人爲了成全泣澤女神與辯才女神的相會，轟走從中阻礙的猴子，那隻猴子正是眼前的青猿。

「這個臭和尚，偶然在大津抓到我的蟾蜍，帶回京城後，對蟾蜍進行各種訓練，以此獲得寶物。因爲這傢伙太不像話了，我就割破他的咽喉。這隻蟾蜍，我要帶回。」青猿望著晴明與博雅，如此說。

「我此刻很想當場殺掉你，就跟殺掉這個法師一樣，可是，你的法力太強，我辦不到。」

青猿拍一下蟾蜍的背部，蟾蜍張開大口，吐出某物。

「晴明，你帶著這兩樣東西，滾吧。今晚就暫且這樣，你看如何？」

是兩尊金光閃閃的佛像。

晴明拾起觀音菩薩像。

「好，我們走。」晴明說。

「走吧，博雅。現在正是散場時機……」

晴明和博雅一步一步往後退。兩人退至羅城門外後，青猿才轉過身。

「總有一天，我們會再次相見吧……」晴明說。

「或許吧……」聲音傳來。

如此，晴明奪回了觀音菩薩像。

仙桃奇譚

一

老人在月光中緩緩而行。

大氣分外清澈，月光將老人的影子投射在地面。

白髮，白鬍。

長髮蓬亂，野獸似的眼眸發出黃光。

不過，那雙眼眸，隱含著某種魅力。

是蘆屋道滿。

此處是嵯峨野附近——

大氣中夾雜著秋天葉子的味道。並非嫩葉的氣味，而是在枯萎之前，仍含有濕氣的紅葉氣味。

不知道滿是否在享受那個香味。

他嘴角微微上揚，看似隱約露出微笑。

身上穿著一件破破爛爛的黑水干。

道滿獨自一人。

道滿只帶著自己的影子，走在路上。

秋天的蟲子在鳴叫。

道滿獨自一人。

從道滿的表情判斷不出，對道滿來說，獨自一人究竟是可悲，或是自由舒暢。

道滿邊走，邊仰望月亮。

「這眞是個令人想喝酒的夜晚……」道滿自言自語。

道滿繼續往前邁出兩三步，繼而停住腳步。

「咦……」

像在呼應道滿方才說出的話那般，道滿聞到一股氣味。

「是酒嗎……」

那股氣味正是酒味。

夾雜在秋天樹葉的氣味中，那股氣味雖然微弱得難以辨別，但確實是酒味。

受那股氣味吸引，道滿再度邁出腳步。

可能是輕柔微風的影響，走著走著，酒味一忽兒變濃，一忽兒變淡。那

氣味在大氣層中，分爲氣味濃密和氣味淡薄的兩層。

儘管如此，繼續往前走，酒味便會隨之逐漸變濃。

不久——

月光中出現一棟看似民家的房子。

雖然四周用籬笆圍起，但房子構造簡陋。

有一部分籬笆中斷，斷掉之處看上去本來應該是門。

從左邊籬笆至右邊籬笆，本該有門扇的地方只搭著一根竹棒。

在那個看似應有門扇的大門附近，擱著一口缸子。

是個高約一尺半的缸子。

酒味似乎從那口缸子飄至夜氣中。

道滿探頭往內看，缸子裡果然盛著酒。

缸子內的酒，大概佔盛器七成左右。

「這眞是太好了……」道滿如此說，再沉下腰，雙手抱住那口缸子。

他舉起缸子，將嘴脣貼在缸子邊緣，往上傾起。

咕嘟。

咕嘟。

道滿讓咽喉發出聲響，喝了缸子裡的酒。
這時——
似乎有某物在月光中閃了一下。
道滿輕盈地轉動身體，將手中的缸子對準那個發光之物。
咯噹！
缸子發出聲響，有某物擊中了缸子。
道滿望向掉落在腳下的東西，原來是一支箭。
捧在雙手之間的缸子破裂，酒與毀損的缸子碎片落到地面，發出嘩啦聲。
「是誰……」
道滿轉動黃色眼眸瞪向箭飛來的方向。
「你、你，是、是人嗎……」
從民家傳出聲音。
喀、
喀、
喀、

道滿嗤笑。

「我可以算是人嗎……」道滿嘰咕了一句。

「什、什麼……」

這回傳出再度把箭搭在弓弦上的動靜。

「算了吧，你射不中。」道滿的聲音聽起來毫無怯意。

「什……」

反倒是持弓箭者的聲音充滿驚恐。

「這些酒，是你的嗎？」道滿問。

「是、是的……」

民房陰影下出現一名男人。

男人依舊維持著把箭搭在弓弦上的動作。

「你就卸下弓箭吧。我可以躲過你瞄準對象時射出的箭，但很難躲過從你那雙顫抖的手不由自主射出的箭。」道滿說。

男人總算卸下弓箭。

「你、你眞的是人吧?!」男人邊問，邊出現在月光中。

在月光的照看下，那男人年約四十。

「你、你眞的不是老虎吧?!」
「老虎?」
「唔，嗯……」
「我怎麼可能是老虎。我們日本國沒有老虎。老虎在唐國和天竺。」
道滿的聲音令男人總算同意眼前的人確實是人，但男人仍戰戰兢兢地走來，站在道滿面前。
仔細看，可以看出男人雙眼充滿血絲，軀體也在微微發抖。
「你遇到困難了吧。」道滿說。
「倘若這些酒是你的，你算是請我喝了一頓酒。爲了表示謝意，如果你有困難，我願意幫你解決問題。」

二

森林中充滿秋色。
一面踏著落葉一面往前走，腳下會升起一股秋天葉子與泥土的氣味。
所謂落葉，其實不是因枯死而飄落的葉子。大部分的葉子，在枯死之前

便會離開樹枝。

葉子在飄落之後才會枯死。

掛在樹枝上枯萎的葉子，不會飄落，反倒會牢牢留在樹梢。

因此，以人體來比喻的話，落葉仍殘留著類似人體體液的東西。

人若用雙腳踩著落葉，落葉會滲出體液，升騰至森林中。

明念沒有發現到獵物。

即便不是野鹿或野豬也好。

入山時，他想，只要能捕獲到貉子或山鳥便可以，卻一次也沒有遇見獵物。

他左手持弓，背負著箭，走在森林中。

若看到蘑菇，便摘下放入腰部的筐子。

乾脆放棄尋找獵物，專心摘取蘑菇或許比較好。

所幸家裡有味噌。

把蘑菇放入鍋內，再放入家裡還剩下的一些米，用味噌煮，應該可以煮成一頓還算有點營養的飯。

明念暗忖。

如此，眞足或許多少可以恢復健康。

雖然明念很想捕到獸類或鳥類等更有營養的獵物，帶回去給眞足吃，不過，沒遇見就沒辦法。即便他擅長射箭，碰不上獵物的話，也就無法捕獵。

明念摘下纏在樹枝上的木通[1]果實。

這個好。

眞足很喜歡木通果實的甜味。

如果帶來了鋤頭，也能挖山藥，不過，還是等葉子再飄落一些，森林眼界變闊以後，再來挖也可以。

明念原本是個雕佛像的手藝人。

他居於西寺，擅長雕刻如來和菩薩，六年前鬧飢荒那一年，他救了一名倒在門下的女子。

女子名爲紅音。

明念給那女子喝水、吃粥，照料了約五天，女子恢復健康，可以走動，但在照料期間，明念愛上這個名爲紅音的女子，女子也不討厭明念。

不久，兩人同室而居，有了孩子。

明念無法繼續待在寺院，於是離開寺院，和女子成爲夫妻。

---

1 學名*Akebia quinata*，中文學名五葉木，日文原文為「通草（あけび，akebi）」，其木質莖一般作為中藥使用。

他在嵯峨野深處，蓋了一棟小房子，與紅音住在一起。

孩子出世。

是個男孩，取名爲眞足。

迄今爲止，明念從未殺生過，但孩子落地以後，他開始捕獵，不但吃獸肉，也賣獸皮，以此維持生計。

除了捕獵，春夏兩季又採摘山上自生的野菜，秋天則摘取樹木果實和蘑菇當糧食。

往返山中時，只要發現好樹，明念便會砍下樹幹，曬乾後，於冬季期間坐在地爐一旁雕刻佛像。

一個冬天，可以雕刻兩三尊佛像，再拿去賣掉。

有時，買了佛像的人會拜託明念製作表面雕有佛像的信箱。

兩年前，紅音離開人世。

那時，眞足僅四歲，明念獨自一人撫養孩子長大。

眞足今年六歲。

半個月前，眞足生病了。

他發高燒，說手腳很痛。

鬧肚子，腹瀉。

不能吃東西。

勉強讓他吃的話，吃後會吐出。

僅能喝生水或開水。

沒幾天便瘦下去。

瘦得像皮包骨，看上去簡直不像活人。

最後，幾乎連話都說不出。

手頭所有藥均不見效，明念去找從前熟識的和尚商討，卻沒有得到滿意的成果。他前往京城買藥回來給眞足喝，也不見效。

明念也向神明祝禱祈願，不過，總無效驗。

明念不知道該怎麼辦。

總之，明念始終在眞足一旁照料，最終連自己的食物也吃光了。

雖然他很想陪在眞足左右，但是，倘若自己因挨餓而導致無法走動，到時候眞足也會死去。

爲了尋找食物，明念才進入山中。

縱使沒有獵物，明念也必須回家。

眞足已經露出死相。

眞足的母親紅音斷氣時，正好和眞足目前的狀態類似。

紅音也是在明念入山尋找食物時死去。

也因此，明念很擔憂這次會跟上次一樣，在他入山尋找食物時，眞足會死去。

明念在尋找獵物時，來到迄今爲止從未踏進的地方。

森林很茂密，即便在白天也很昏暗。

就在明念打算回家時，明念看到眼前有個不可思議的東西。

昏暗的森林中，有一棵發出朦朧亮光的樹。

「那到底是什麼……」

明念再仔細看，原來是櫻花樹。

是一棵盛開的巨大櫻花樹，所以看上去像在發光。

明念萬萬沒想到櫻花會在秋天這個時期開花，因此，在明念眼中，猶如整棵樹都在發光。

明念挨近，站在樹幹旁。

「噢……」明念不由自主地叫出聲，因爲他在該處看到了某物。

那是神明的身姿。

從樹根四周，直至明念頭頂高度，看上去正好像一尊如來坐像。

向四周寬廣扎下的樹根，瘤子般隆起的樹幹，樹幹的彎曲狀態——在在都令那棵櫻樹看上去宛若如來坐像。而且盤腿而坐的雙腳之間，擱著交疊的雙手，看似手結法界定印[2]。

大概是偶然因素令樹幹該處成長爲那種形狀。明念認爲，無論是人工雕刻，或是大自然使然，只要看的人看成是神明，那就是神明。

就此意義來說，那樹幹確實是神明。

「眞是不可思議……」

明念仰頭觀看頭頂的櫻花，垂下視線時，又發現一件事。

那尊神明的手——手結法界定印之處，是凹陷的。正好與人在手結法界定印時那般。那個凹陷處，有個大裂縫——說是裂縫，不如說是洞孔。

這時，明念聞到某種氣味。

洞孔內部升出一股不知是什麼味道的香味。

那味道聞起來很香甜，明念似乎曾經聞過——

看來，洞孔內部有某種東西，正是那東西在發出香味。

---

2 佛陀入於禪定時所結的手印，或稱禪定印。持此印者有阿彌陀佛、藥師佛、長壽佛、阿氏多尊者等。姿勢為兩手交疊，右手在下，左手在上，兩拇指相結成圓圈形，輕輕平置於丹田下的髂部。

是什麼呢？

明念戰戰兢兢地將手伸進洞孔。

他一面擔心，萬一裡面有蛇或蜈蚣之類的毒蟲，手被咬傷該怎麼辦，一面將手往裡伸，指尖觸及了某物。

不是毒蟲之類的東西。

是一種柔軟、帶有圓感的東西——

明念握住那東西，輕輕從洞孔中拔出自己的右手。

明念手上握著的是——

「這不是桃子嗎……」明念說。

那桃子帶有圓感，稍稍扁平。半邊已經發紅，其中一部分呈紫色花紋。看上去正是一粒很好吃的桃子。

明念情不自禁想一口吃下，不過，他忍住了。

忍住的理由有二。

其一，目前是秋天。

桃子應該在夏天至初秋時期結果。再怎麼說，這種深秋時分，不可能有桃子。而且，桃子的所在更是問題。這粒桃子，出現在不合季節開花的櫻樹樹洞中。
若非有人故意擱置，此處怎麼會有這種桃子？也就是說，這粒桃子可能有其物主，這是第二個理由。
可是，桃子此刻在明念手中。
不管是誰的東西，帶回去應該不算做壞事。只是，爲什麼在這種地方，會出現猶如剛摘下的新鮮桃子呢？
帶著這粒桃子回去，讓眞足吃——
明念心想。
這粒桃子的話，說不定眞足願意吃。
明念如此想，將桃子放入懷中。
此時，刮起一陣風。
風，呼呼作響，搖晃著櫻花樹梢。
風勢不是很強，但那陣風只吹了一下，櫻花花瓣竟突然開始飄落。
櫻花花瓣隨風嘩嘩地飛舞至青空。
風停止後，花瓣依舊發出聲音地一瓣接一瓣不停飄落，就在明念的注視下，所有花瓣都落光了，一瓣也不留。

這眞是無以名之的怪事。

在秋天開出那麼漂亮的櫻花，是一件怪事，那些櫻花，又因一次的風而全部飄落，這也很不可思議。

難道是——

明念心中浮出一個想法。

那就是，違背季節盛開的櫻花，以及盛開櫻花飄落的原因，很可能都基於自己手中握住的這粒桃子。

三

發生了不可思議的事。

明念帶回桃子，給自己的孩子眞足看。

「這氣味好香……」剛聞到那香味，本來不能說話的眞足，竟然開口這樣說。

明念將桃子放入自己製成的信箱中，擱在眞足枕邊。

第二天——

眞足的臉頰透出紅暈，第三天，眞足已經可以小口喝粥。

猶如奇蹟降臨。

明念認爲，這都多虧那粒桃子的保佑。

怪事發生在第三天夜晚。

明念睡在眞足一旁。

「大人……」

「大人……」

明念聽到如此的叫喚聲。

是女人的聲音。

「大人，明念大人，明念大人……」

確實很清楚地聽到那聲音。

聲音從屋外的院子傳來。

明念來到窄廊。

明念站在窄廊，望向院子。

「大人，明念大人……」那女人的聲音說。

明念望向聲音傳來的方向，卻沒有看見任何影子。

「明念大人……」

聲音傳來，這回總算注意到了。

有人倒在傳出聲音那附近的院子地面上。至少，明念起初認爲如此。

可是，事實並非如此。

那是個女人，而且像巨大螃蟹那般，趴在該處。

「是誰……」明念問。

對方唰唰地爬過來。

益發可疑。

挨近的那東西，在窄廊下停止爬行。

明念藉著月光望下去，原來是一名身穿古式唐袍的女人。

接著，仔細觀看趴在地面仰望明念的那張臉——

是個老太婆。

到底要度過多少歲月，人才會變成那樣的臉呢？

深濃的皺紋——

埋沒在皺紋中的雙眼，也不知能不能看見東西。

之所以像螃蟹那般趴在地面爬行，看來是因爲腰板彎得太厲害，不得不使用雙手。

難道是妖物?!

明念一時如此認爲。

如果是人，一百年、兩百年左右的光陰，絕對不會成爲這樣的外貌。

老太婆——老嫗沒有回答明念剛才問來人是誰的問題。

「有什麼事……」明念再度問。

對此問題，老嫗答：

「明念大人，兩天前，您應該在森林得到一樣東西吧……」

是低沉、嘶啞的聲音。

那聲音既微弱又蒼老，若不仔細聽，只能看出她咀嚼著嘴巴，無法聽取內容。

口中似乎也沒有任何一顆牙齒。

「拜託您將那個東西還給我……」老嫗如此說。

「什麼意思?」

「是櫻花樹中那粒桃子。」

「我不知道。」明念裝糊塗，「雖然不知妳是何處的什麼人，但請妳立

即離去……」明念嚴加拒絕。

兩人又以類似內容爭論了一會兒，最後，老媼唰唰地搖晃著長白髮離去。

可是——

次日以及其次的次日，只要明念睡著，老媼便會不知自何處出現。

「請您把那粒桃子還給我。」老媼說。

「如果您不把桃子還給我，將會發生可怕的事……」

老媼說的話相當駭人。

「可怕的事？」

「您應該明白吧。那位大人，會放虎出來……」

「虎？」

「大人，您應該理解這到底是什麼意思……」

如此的事，持續了五天。

第五天夜晚，正是昨晚。

「啊呀，終於放出那頭老虎了。大概明天晚上會來此。您快逃命吧，這事連我也無法阻止了。您只要留下桃子，快速逃掉，或許可以保住一命……」

明念對此也繼續裝糊塗。

「我聽不懂妳在說什麼。」

這是昨夜發生的事。

四

「原來如此。」

聽完明念敘述了事情的來龍去脈，道滿點頭。

道滿和明念隔著地爐的火，相對而坐。

孩子眞足在明念一旁酣睡。

目前，眞足已經不用喝粥，他可以吃普通的飯和魚，並胖了起來。

今天中午，眞足甚至可以一邊抓住東西，一邊站起。

「自古以來，桃子便具有斥退妖魔、避開惡神的力量。據說，昔日，伊邪那岐[3]遭伊邪那美[4]追趕，從黃泉國逃出，通過黃泉比良坂[5]時，拋出桃子，擋住伊邪那美。這孩子的病，之所以正在痊愈，的確有可能多虧你得到的那粒桃子的力量……」道滿如此說。

---

3 日本神話中開天闢地的神祇，日本諸島、諸神的創造者。

4 伊邪那岐的妹妹，亦是妻子。因生下火神反被燒死。

5 原文為「黃泉比良坂（よもつひらさか，yomotsuhira saka）」，是日本第一部文學作品《古事記》中提到的通往黃泉之路。現實中的黃泉比良坂被認為是在日本島根縣松江市，昭和十五年建立了刻著「神蹟黃泉比良坂伊賦夜傳說」的石碑。

「是。」明念老老實實地點頭。

「可是，如果事情眞如你所說那般，那粒桃子，便不是普通的桃子……」

道滿瞪視著明念。

「那粒桃子，在哪裡？」道滿問。

但是，明念不作答。

「哎，算了。」道滿點頭。

「不過，在我看來，你這個孩子眞足，雖然仍很虛弱，但已經沒有性命的危險。你昨晚爲何不將桃子還給那個女人？」道滿問。

「……」明念閉口不言。

「爲什麼？」

道滿再次問，明念總算開口。

「道滿大人說的話，很有道理，可是……」

「可是，什麼？」

「因爲那棵櫻花樹……」

「櫻花樹？」

「我從那棵櫻花樹取出桃子時，櫻花立即飄落了……」

「飄落又怎樣？」

「那棵櫻花樹會在秋天開花，都是基於那粒桃子的力量吧。我一取走那粒桃子，櫻花便全部飄落了。我擔心會發生同樣的事……」

「原來你在擔憂，萬一把桃子還給那個老嫗，眞足的性命也會跟著消失嗎……」

「是。」

「那粒桃子，此刻在哪裡？」

「……」

「那是一粒光聞到其氣味，便會令人恢復健康的桃子。難道你沒有想到要讓眞足吃下那粒桃子？」

「正因爲如此，我反倒覺得很可怕……」

「你還沒有讓眞足吃下？」

「是。」

「但是，你也沒有扔掉桃子？」

「……」

「你以前是雕佛像的手藝人，應該多少讀過一些書，也看過經典吧。」

「是……」

「既然如此，你應該猜測得出，那粒桃子到底是什麼來歷吧……」

「……」

「不回答，表示你已經猜測出了吧？」

明念仍然不回答道滿的提問。

「猜測出的話，你也應該明白那老嫗說的放出老虎的意思。就算你準備了弓箭打算伏擊，也於事無補……」

「往昔，素戔嗚尊[6]撲滅八岐大蛇[7]時，在缸子內盛著酒，先把巨蟒灌醉，之後才殺死巨蟒……」

「所以你打算效仿，才在那個地方擱著缸子嗎……」

「……」

「結果，來的既不是巨蟒，也不是老虎，而是一點都不知情的我……」

道滿笑出。

「你真是白費心力……」道滿望著明念，「你逃命吧。」道滿說。

「逃命？」

「把桃子留在此地，你帶著真足，盡快拚命地逃命吧。這樣，或許你能

6日本神話著名神祇，伊邪那岐所生三貴子之么子。伊邪那岐在黃泉比良坂擺脫妻子追殺後，到河中梳洗，左眼生出天照大神，右眼生出月夜見尊，鼻子生出素戔嗚尊。

7日本古神話裡的傳說生物。有八個頭、八條尾巴。

保住一命……」

「……」

「不滿嗎？」

「……」

「喂，你該不會打算設法解決事情，然後將桃子據爲己有，當作你出人頭地的道具吧。」

明念默不作聲。

「我說中了嗎……」

道滿探頭望著明念的臉。

「既想救眞足，又想要桃子。因此，你進退無路，是嗎……」

明念依舊默不作聲。

「雖然我不明白這座山中爲何有那粒桃子，但是，你到底把桃子藏在哪裡？」

「……」

「如果只是擱在這屋內某處，那桃子不是普通桃子，我應該可以察知桃子在哪裡。那個每晚都來這裡的老嫗也一樣。正因爲察知不出桃子的所在，

她才會拜託你還給她吧。你到底藏在哪裡……」

明念望著道滿，咧嘴笑出。

「難道您也想得到那粒桃子？」

「你這個男人，眞會說話……」道滿也笑出，「總之，我喝了你的酒，我就幫你做一份工作吧。不過，我不會爲這件事陪上我的命……」

道滿剛說完，此時——

「大人，大人，明念大人……」

外面傳來嘶啞的聲音。

道滿和明念留下仍在酣睡的眞足，來到窄廊。

明念手中握著弓。

院子有個類似巨大螃蟹的東西，蹲伏在地面，仰起臉。

是趴在地面的老嫗。

她身上套著一件看似唐袍，已經破破爛爛的衣服。

雙眼受月光映照，發出青光。

「老虎已經被放出了。不久，老虎將抵達此地。到時候，任何人都無法阻止。我求您，求您在老虎抵達之前，將桃子……」老嫗說。

「那是蟠桃嗎……」道滿在窄廊上問。

「您是？」老嫗仰望道滿。

「我名叫蘆屋道滿。這男人請我喝了酒，我想幫他忙，才會在這裡。」

「無濟於事的，無論任何人都……」

「我明白。來者是負責守護蟠桃樹鬼門的老虎。即使是我也束手無措……」

「您知道老虎的來歷……」

「崑崙山西王母娘娘的庭園，種有蟠桃樹，這件事，知道的人都知道。」

許多唐朝古籍中，均記載著此事。

所謂西王母，據說是玉皇大帝的配偶，也有西方女神之說法。

她住在崑崙山，擁有一座名為蟠桃園的庭園。

蟠桃園種著蟠桃樹。

樹頂聳立得比天都高，樹枝彎彎曲曲，延伸至三千里四方。

一般認為，蟠桃樹的樹枝，九千年才結一次果實，這果實正是蟠桃。

只要吃了這蟠桃，可以長生不老，與此天地同齡。

蟠桃的芳香帶著甜味，花瓣重瓣，果實有紫色花紋，果核呈淡青色。

由於蟠桃樹所延伸樹枝的東北方，有惡鬼進出，遂將東北方稱爲鬼門。這樹，由兩名服侍西王母的神祇守護，名爲神荼與鬱壘[8]。這兩名神祇，會抓住進出鬼門的惡鬼，再讓飼養的老虎吃掉。老媼說的「放出老虎」，指的正是吃惡鬼的老虎。理所當然，下令放出老虎的人，是西王母。

「妳放心吧。蟠桃確實在這裡。只是，這個明念藏起來了。」道滿說。

「噢，果然……」

「老虎抵達之前，我想問一件事，蟠桃樹的果實爲何會出現在這種地方？」道滿問。

「雖然不知還剩多少時間，我就先說說這件事吧……」老媼說。

「往昔，自現在算起，大概是這塵世的七百年前，東勝神洲一處名爲花果山的地方，誕生了一隻妖猴，我們稱之爲石猴，牠因緣際會在天界服侍玉皇大帝，玉皇大帝派牠管理西王母的蟠桃園。但是，這隻石猴非常搗蛋，而且妖力強大，不但自稱齊天大聖，且目中無人。某次，牠擅自吃掉九千年才結一次的蟠桃果實，隨意摘下，亂吃亂扔。那天，剛好是西王母娘娘舉行蟠桃會的日子，天界鬧得天翻地覆……」

---

8 按《黃帝書》所述，因二人會將惡鬼以葦索捆綁再用以餵食飼養的老虎。於是後來中國民間就流傳於除夕將兩人畫像與老虎貼在門上，用以闢邪禦凶，成為民間的門神。

「原來有這種事……」

「我是服侍西王母娘娘的七仙女之一，名叫紫衣仙女。那天，我們爲了蟠桃會，前往蟠桃園摘蟠桃。不過，因爲這場騷動，我們一人一個的蟠桃，總計七個，都從天界掉落到這個人間塵世。爲了尋找各自丟落的桃子，我們降至人間塵世，其他六個都找到了，唯獨我掉落的桃子沒有找到。因此，這七百年來，我始終如此地在尋找那粒桃子。」

「七百年？」

「天界的一日，相當於人間塵世的一年，雖然在天界還不到兩年，不過，在人間塵世已經過了七百年歲月。由於身在人間塵世，我和人一樣，也會老去，才會變成目前這麼老的外貌，只是，我畢竟是天界人，無論多老，也不會死。因此，我無法返回天界，只能這樣，帶著這種老貌，徒然地在人間塵世徬徨，直至找到桃子……」

「原來如此……」

「不久前，桃子突然出現在人間塵世，我看到東方發出桃子亮光，我想，這大概正是我的桃子，於是特地前來此地。」

「爲什麼迄今爲止都找不到呢？」

「就像我剛才所說那般，我們降至人間塵世尋找桃子時，是天界發生騷動的三個多月後。這時，人間塵世已經過了百年有餘。來到此地後，我才明白，我的桃子可能落在剛好長在那地方的小櫻樹樹根附近。在我們降落於人間塵世之前的一百數十年期間，樹幹成長，樹根張結，不知是不是爲了守護那粒桃子，或是另有某種偶然因素，櫻樹自然而然形成圍攏桃子的形狀，那部分的形狀很像如來的身姿。倘若只是掉落在人間塵世，我們可以馬上察知，但是，即便是我們，也無法察知如來身姿內的東西。不過，因爲受如來樹幹保護，桃子才不會落入惡徒或妖魔手中，卻同時也令我的眼睛看不見那粒桃子的所在……」

「是嗎？」

「這粒桃子，倘若置之不顧，遭某個魯莽人吃掉，恐怕又會誕生出類似石猴那般的妖魔。也因此，我必須盡快帶著那粒桃子返回天界……」

「應該是吧……」

「我請求兩位大人，拜託，拜託，把那桃子交給我吧。」老媪——紫衣仙女說。

道滿望向明念。

「你打算怎麼辦？」道滿問。

明念不作答。

這時——

轟隆……

上空響起低沉的風聲。

風聲逐漸變大。

「似乎來了……」

道滿仰望的天空，黑雲開始迴旋，接二連三遮住星眼。

明念咬著嘴唇，不出聲。

「如果你下不了決心，我幫你作主吧……」

道滿伸出右手摸進自己懷中。

他從懷中取出一個小信箱。

信箱蓋子上，雕刻著佛像。

明念看到信箱。

「啊！」明念叫出聲，「那、那個是？」

「你那點心思，我都猜透了。天界的人無法找到桃子，是因為那棵樹的

樹幹外形像佛像。既然如此，把桃子藏在雕著佛像的這個信箱中，當然也看不見了……」

道滿掀開蓋子，信箱中發出美麗的青光。

道滿左手拿著信箱，用右手取出信箱裡的桃子。

這時，黑雲已經遮住月亮。

風在天空中急劇地轟轟作響。

風激烈地擊打並吹起道滿的蓬髮。

照亮道滿那張臉的，不是月光，而是道滿手中的桃子發出的亮光。

「噢，真美……」道滿揚起嘴角。

「那、那桃子，你打算怎麼處理？」明念問。

「這個，我收下了。」

「什麼?!」

「我不是說過，會保住你一條命嗎？只要我拿著這粒桃子，老虎只會攻擊我。你的性命會安全無虞。」

「你、你說什麼?!」明念大叫，「這樣，老虎會吃掉你，你會死去。」

道滿聽到明念這句話。

喀、

喀、

嗤笑起來。

「在老虎吃掉我之前，我先吃掉這粒桃子好了。」

「什麼?!」

「如果吃掉這粒桃子，我可以長生不老。不但不會老去，任何人都無法殺掉我。縱使對方是那頭西王母的老虎。」

道滿露出黃牙，臉上浮出駭人的笑容。

風在道滿頭頂上喧騰。

是一頭大得驚人的野獸，在上空吼叫。

烏雲裂開了。

眾人都明白那頭野獸打算從裂口下來。

道滿笑出。

道滿張開大口，將右手抓住的桃子舉至嘴邊。

那隻手停頓下來。

喀喀喀喀……道滿再度嗤笑。

「我怎麼可能吃下！」道滿如此說，抛出桃子。

桃子飛至院子上空，落在紫衣仙女頭頂上。

紫衣仙女伸手接住桃子。

「笨蛋！你以爲我眞想活到與天地一般的年齡嗎？」道滿抿嘴嗤笑。

「萬一眞變成長生不老，我就無法喝到美酒。即便聽到笛音，也不能舒暢地傾聽笛音。正因爲生命有限，酒才好喝。妳說是不是……」

道滿望向院子。

院子站著一個美麗的女人。

是個身穿紫衣的年輕女子。

她雙手捧著桃子。

正是紫衣仙女。

蓋住上空的黑雲，接二連三破成碎片，向四方散去。

風停止吹動，月光再度灑滿院子。

年輕女子站在月光中，凝視著窄廊上的道滿與明念。

「實在不勝感激……」紫衣仙女說。

「多虧道滿大人，我總算找回桃子了。」

「哼。」

「爲了表達謝意，如果您想找人爲您斟酒時，請您隨時面向西方天空，如此呼喚我。紫衣仙女喲，下來陪我喝酒……」

「明白了，我就那樣做吧。」

「任何時候都可以……」仙女微笑著說。

「對了，這個明念的兒子，也就是眞足的性命，他不會因爲失去桃子而死去吧？」

「那當然。」

彎腰行禮的仙女身體，輕飄飄地浮在月光中。

仙女的身體隨風徐徐愈發往上飄。

就那樣，紫衣仙女的身姿在月光中一直上升，最後消失蹤影。

只剩下月光照射著空無一人的院子。

「我應該向您致謝吧……」明念說。

「不用致謝。我只是表示一點心意，算是你請我喝一頓酒的謝禮……」道滿說。

秋天的蟲子在月光中鳴叫起來。

安達原

一

凍僵般的月光，照亮著庭院。

秋霜宛如月光凝成的堅冰，降落在庭院裡。

轉紅的楓樹落葉，逐漸枯萎的黃花龍芽，甚至連桔梗和龍膽的葉子、草尖，邊緣都鑲上映著月光的秋霜，在黑暗中發出詭異的朦朧亮光。

比半月稍圓的月亮，懸在高空，亮晃晃地照射著夜晚的深淵。

「月亮好像在發出聲響……」源博雅出神地自言自語。

正如博雅所說那般，凍結的青色月光，似乎在虛空中發出凜冽的聲響。

晴明自方才起便一直默不作聲，或許他正在側耳傾聽月光的聲音。

晴明和博雅坐在安倍晴明宅邸的窄廊上，正在喝酒。

火盆旁擱著一盞點燃亮光的燈臺，兩人看似在專心傾聽著月光的聲音。

「啊，我眞想配合這月光吹笛……」博雅嘆出一口氣地說。

「你吹吧，博雅……」晴明道。

「可以吹嗎？我本來認爲笛聲會妨礙我們賞月……」

「你的笛聲怎麼可能會妨礙到任何事。只要你吹起笛子，大概連坐鎮唐國、天竺的眾神，都會群聚於眼前的月光中，各自心花怒放地跳起舞來。即便無形之物，甚至虛空和月光，肯定也會化爲有形之物，一起群舞……」

「晴明，這不像平時的你，你現在說的話，好像在朗誦詩……」博雅一面取出葉二，一面說。

「呵呵。」

晴明的紅脣浮出笑容。

博雅將葉二貼在嘴上。

吹起。

葉二滑出響聲的那瞬間——

庭院景象爲之一變。

月光開始高低起伏。

秋霜一粒一粒各自閃爍發光，爲博雅的笛聲而歡騰、而致賀，配合笛聲地顫動和鳴起來。

「噢……」晴明不由自主地叫出聲。

博雅的笛聲嘹亮地響徹四周。

月光隨著笛音嬉戲，笛音隨著月光嬉戲。

從天地間隙溜出的某種動息，在笛音四周飛舞。

沙沙。

沙沙。

如鬼魂的鱗片，笛音閃閃發光。

玎玲。

玎玲。

月亮在鳴響。

突然——

有某種聲音傳來。

是敲門聲。

接著——

「有人嗎，有人嗎……」傳來人的聲音，「拜託，拜託，請打開這裡的門……」

博雅停止吹笛。

繼而是踏著窄廊的啪嗒啪嗒聲逐漸挨近，蜜蟲出現了。

「有人橫躺在大門外……」蜜蟲說。

二

他走在比自己還要高的芒草荒原中。

地面已經不能說是路了。

起初還有一條雖狹窄，卻仍可以稱之爲路的小徑，不過，那條路也在不知不覺中消失無蹤。

是自然而然地中斷了？還是走錯方向而迷路了？

總之，此刻肯定是迷路了。

祐慶停住腳步，仰望上空。

已經看不見陽光，只剩西邊上空殘留著模模糊糊的亮光。

此處是陸奧國[1]——

三天前，祐慶越過了白河關隘[2]。

風吹起來了。

四周的芒草穗隨風沙沙作響，高低起伏。

1 東北地方，相當於現在的福島縣、宮城縣、岩手縣、青森縣、秋田縣一帶。

2 福島縣白河市。

帶著紅色的月亮，暖烘烘地飄浮在東邊上空。

雖然仍勉強可以看清周圍的景色，不過，遲早總會看不見吧。但是，只要月亮再升高一點，藉著月光，應該好歹可以行走。

祐慶再度跨出腳步。

即便不走動，狀況也一成不變。但只要往前走，只要邁出腳步，或許可以碰見人家。總之，往前走吧。

祐慶很早以前便很想進行一趟熊野[3]巡禮。目前正在巡禮途中，他不想發出任何怨言。

總之，若不往前走，任何地方都無法抵達。

但是，走著走著，天全黑了。所幸月亮已經升高，勉強仍可以走。

如此走著走著，步履沉重起來。

祐慶感到全身發冷，氣喘吁吁，走起路來搖搖晃晃。

他覺得非常累。正覺得詫異時，發起燒來了。

儘管如此，他依舊撥開芒草往前走，接著，他感覺似乎看到前面有亮光。他停住腳步，往回走了幾步，再望向同一個方向，確實有亮光。依據站立地點和頭部位置，那亮光會時隱時見，大概因爲途中有灌木叢以及芒草，

3 相當於現今的和歌山縣，平安時代受佛教影響，普遍將熊野視為「淨土」，是佛居住的清淨世界，從十世紀開始，便有太上皇、貴族經常參拜熊野。

相互交替地遮擋了亮光吧。

祐慶硬撐著身子，朝亮光方向前行，芒草叢終止，眼前出現樹木，樹木後有一間房子。

藉著月光仔細看，是一間簡陋房子，但至少能遮蔽風雨。屋內似乎在燒火，從坍塌土牆的縫隙可以看到火光。入口掛著一張草蓆。

祐慶站在草蓆前呼喚。

「有人嗎？有人嗎……」

「是哪位……」裡面傳出應聲。

是女人的聲音。

「我是雲遊諸國的行腳僧。因爲迷了路，到了夜晚無法前行，看到這間房子有亮光，前來打擾。哪怕是屋簷下，我也不介意，能不能讓我暫且借宿一宵……」

即便在此遭對方拒絕，祐慶也已經走不動了。體內明明在發熱，卻冷得渾身顫抖。

草蓆被掀開，從中出現一個女人。

是個出乎意料的年輕女子。

而且長得很美。

看到那張臉，祐慶鬆了一口氣，當場失去知覺，昏倒在原地。

祐慶回過神來時，發現自己躺在稻草褥上。

身上蓋著一張草蓆。

一旁的地爐熊熊燒著火，掛在地爐上的鍋子熱氣騰騰。

「您醒來了嗎……」

祐慶轉頭順著聲音方向望去，看到地爐前坐著一個年輕女子，正在用木勺舀出鍋子內煮的東西，盛在木碗中。

「這……」

祐慶打算起身，無奈全身毫無力氣。

「您還是不要勉強。」

女子捧著木碗走來，蹲下身後，將木碗擱在地爐一旁，再扶起祐慶，讓祐慶坐起。

「您先喝點粥。要是不吃點什麼東西，就算能醫好的病也治不好。」

女子用右手扶著祐慶，左手取起木碗，將木碗擱在祐慶嘴上。

祐慶小口啜飲著粥。

熱度適中，祐慶可以感覺粥的熱氣從口中降至肚子。可以感覺粥的熱氣滲入全身。

喝了兩碗粥，祐慶就那樣睡著了。

第二天早晨醒來時，祐慶可以自己抬起身子，到了第三天，已經能站起，自己去解手。

這三天期間，祐慶一直接受女子的照料。

「讓您住在這種破房子，而且身邊只有我一個女人。雖然照顧得不周到，但您似乎恢復了健康，實在太好了……」女子說。

此刻的祐慶，已經不需要讓人扶著，可以自己坐在地爐旁。

重新觀察後，祐慶發現，就單獨一人住在這種偏僻地方的條件來看，那女子未免過於年輕，也過於美麗。

女子說話時的用詞以及舉止，都不帶絲毫土氣，反而類似在京城某種程度以上的宅邸服侍的女官，頗有風度。

「實在感激不盡。托您的福，我好像可以在明天出發了。」

祐慶致謝後，行了一個禮。

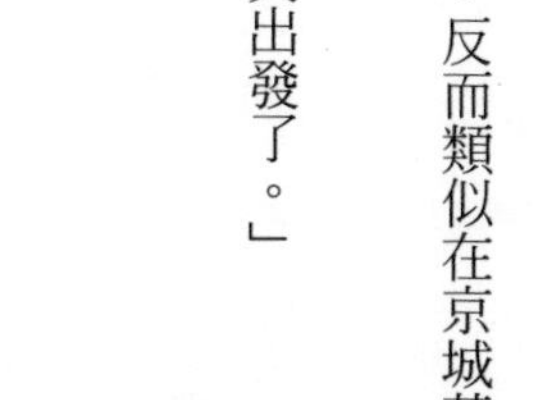

可是，這樣的女子住在這樣的山中，她一個人到底靠什麼過日子呢？

「依我看，您似乎獨自一人居住，再看您的言語行動，完全不像是住在這種地方的人。想必，您一定有什麼隱情吧……」

「啊，請別問我這種事。無論什麼樣的人，每個人都背負著各自的理由，在該處居住，在該處生活。我的理由，不值得向人述說。」

女子垂下眼簾。

垂著眼簾的那張臉，不知是不是出自照顧病人的疲憊，露出憔悴神色。那股憔悴神色，別有一番風味，相當嫵媚。

「您看上去似乎已經可以走動了。既然如此，您還是早日動身比較好。不過，假如您今天就走，我也會覺得寂寞，請您今晚在我家休息，解解疲乏再走……」女子說。

「有關此事，我有一個請求。因爲您已經可以走動，我才向您說，這屋子裡邊另有一間房。但是，請您千萬不要擅自進那個房間……」

「我是寄居在這個家的人，怎麼可能做出身爲屋主的您所禁止的事呢……」

「千萬拜託，千萬拜託。」女子以極其迷人的眼神望著祐慶，如此說。

當天晚上——

有個柔軟身體，輕巧地鑽進熟睡的祐慶一旁。
祐慶察覺了。
「啊……」他低微地發出叫聲。
「請饒恕我……」屋主女子緊緊摟住祐慶。
「長期在夜晚單獨一人入睡，實在太寂寞、太寂寞了，我每天都過得好像喘不過氣來。能這樣遇上您，大概也是一種緣份，請您就這樣，就這樣，讓我待到明天早上……」
「可是，我是出家人……」
「我不是請您賜予戀情。我只是求您讓我這樣，一直這樣到早上就可以了……」
由於女子緊緊摟住，祐慶沒法繼續拒絕。
祐慶在出家前，也曾和女人發生過肉體關係。他明白女人肌膚的溫暖感覺，以及那種暢快。
祐慶本來認爲，反正只是陪睡而已，可是，無法如此簡單結束的，正是所謂的男女關係。
祐慶終於和女子發生肉體關係。

第二天，祐慶沒啓程。

第三天，他也沒啓程。

如此一天又一天地拖延啓程的日子，不知不覺就過了十天。

這十天期間，女子日復一日，益發憔悴。

「您要早日動身……」

雖然女子這樣說，祐慶也打算這樣做，只是，想到女子肌膚的溫暖，每次總會延後啓程的日子。

那天晚上——

祐慶如常地和女子同床後，立即睡著了。

不知過了多久，祐慶醒來。

因爲他聽到某種奇怪的聲音。

唰、

唰、

像是某種物體摩擦的聲音。

奇怪——

祐慶察覺一件事。

平日總是睡在一旁的女子，此刻竟不在身邊。

她去哪裡了？

祐慶抬起上半身。

房裡一片漆黑。

唰、

唰、

依舊可以聽到那聲音。

祐慶環視四周，看到黑暗中某處有亮光在搖晃。

是裡邊那個房間。

唰、

唰、

聲音正是從裡邊那個房間傳出。

難道是女子單獨一人起床，在裡邊那個房間點上燈火，正在做些什麼事嗎？

祐慶站起身。

他待在原地，傾耳細聽那個聲音。

到底該怎麼辦？

不久——

祐慶屏住呼吸，躡手躡腳地邁開腳步，畢竟女子曾拜託他千萬不能進裡邊那個房間，他感到有點內疚。

即便已悄悄邁出腳步，祐慶仍猶豫不定。

此刻的自己，正打算偷看女子曾叮囑千萬不能看的房間。自己也和女子約定絕對不看。現在自己又想要違背那項約定。這種事情，可以做嗎？

然而，祐慶的雙腳卻一步一步邁向裡邊的房間。

祐慶也很擔憂女子。

近幾天，女子憔悴得很厲害。

「妳怎麼了？妳看上去好像很疲累。」

即便祐慶如此問，女子也每次都答說：

「是您多心了。因爲您恢復了健康，才會把我看成那樣。」

祐慶擔憂的正是這件事。

這兩三天，女子看似不僅蒼老了兩三歲，幾乎一口氣老了十歲。

白天也固執地不讓祐慶看裡邊的房間。

說起來，爲什麼一個女人能夠在這樣的山中過日子呢？
爲什麼一個女人獨自居住在這裡呢？
或許祕密正在裡邊那個房間。
說不定，女子的丈夫就住在那個房間。
說不定，她丈夫生病，所以不願意讓別人看見。
祐慶如此想著想著，腳步逐漸往前移動。
他很想看看女子的祕密。
明明知道不能這樣做，卻抵不過好奇心。
結果——
祐慶終於窺探了。
而且，祐慶看到了。
他看到了那個光景。
他看到女子的祕密。
房內，點著一盞燈火。
女子坐在燈火旁，彎著背，垂著臉，正在磨菜刀。
唰、

唰、

這聲音，是菜刀在磨刀石上摩擦的聲音。

每逢聲音響起，女子的肩膀和頭頸會微微往前移動。

不僅如此——

懸掛在天花板的，竟然是好幾具裸體的人類屍體。

地板上也有幾個頭顱，頭顱已經腐爛，淌下膿水，呲牙裂嘴，兩眼翻白。燈火照亮了這一切。

女子在中央磨著菜刀。

味道猛烈。

爲什麼到現在爲止，自己都沒有察覺到這股臭味呢？

祐慶恍然大悟。

原來迄今爲止，這個女子都靠著讓旅人留宿，再殺掉旅人，以啖食他們的肉而維生。

這正是單獨一個女子能夠在這種山中活下去的理由。

祐慶渾身喀噠喀噠地發抖。

牙齒打顫得咯咯作響。

此刻，這個女子之所以磨菜刀，正是爲了殺死熟睡中的自己，再啖食自己——祐慶如此想。

女子聽到牙齒的打顫聲。

女子抬起臉。

祐慶看到那張臉。

「啊！」祐慶發出叫聲。

女人的頭髮發白，眼睛發出黃光，滿臉都是皺紋。

之前看上去是個年輕美麗的女子，實際上是個年齡過了一千歲的老太婆。

老太婆瞪著祐慶。

「你竟敢、你竟敢，偷看我這種可恥的樣子……」

老太婆手持菜刀，站了起來。

哪、

哪、

女人口中長出黃色獠牙。

兩根彎曲的頭角扎破頭皮，從白髮之間長出。

「是妖鬼！」祐慶大叫一聲，轉過身奔逃。

他跑到屋外，光著腳逃之夭夭。

「爲什麼？爲什麼……」

女人邊跑邊追趕在祐慶身後。

「我明明要你不要偷看，我明明叫你不要看，你爲什麼偷看？你爲什麼要看……」

「哇！」祐慶一面大叫，一面奔逃。

野草和石頭扎傷了祐慶的赤腳，很痛，但那女人更可怕。

對祐慶來說，比起生病，比起死亡，比起任何事，此刻被女人捉住這件事最可怕。

三

「因此，您就逃走了……」晴明問。

「是。」祐慶點頭。

此處是窄廊。

蜜蟲扶著祐慶來此，祐慶才總算沒倒下，正坐在窄廊上。

「您眞是遭遇到駭人的事了……」博雅擱下酒杯，低語道。

蜜蟲在晴明宅邸大門前，設法扶起即將倒下的佑慶，並扶他來到窄廊，此刻，佑慶正在向晴明與博雅講述迄今爲止的來龍去脈。

身上穿的衣服已經破破爛爛，而且大概一直沒有剃髮，不但長出頭髮，也長出鬍鬚。

面容憔悴，身體消瘦，看上去像半個死人。

「我好不容易才逃過女人的追趕，之後只是一味地逃，從陸奥拚命來到京城，可是……」祐慶氣息奄奄地說。

「我總是，我總是，即便現在坐在這裡，我總是可以聽到那女人的聲音。」

——你爲什麼要看我這種可恥的樣子？

——你竟敢偷看。

——你明明答應過絕對不看的。

「這聲音始終在我耳邊響著。令我在夜晚也不能入睡，我一味地邊念佛邊逃跑。但是，對方似乎一直在追趕我，我想，事到如今，只能向具有靈力的人

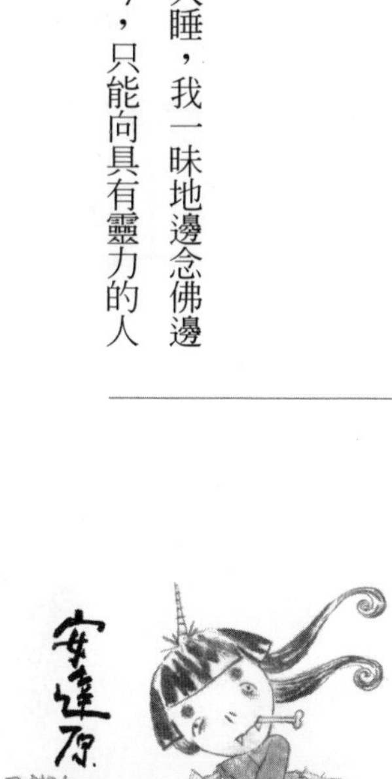

求救，想到此，我腦中浮出晴明大人的大名。我想，晴明大人的話，或許可以設法幫我解決問題，所以抵達京城時，我便邊走邊爬地直接來到這……」

恰好在此時，祐慶聽到博雅的笛聲。

受笛聲吸引，祐慶來到晴明宅邸大門，在大門前倒下。

祐慶雙手支在窄廊，看似好不容易才撐起上半身的重量。

晴明以同情的眼神，望著祐慶。

「我明白。我十分明白您的處境。只是，您自己還未理解自身的處境……」

晴明和善地說。

「您在說什麼？」

「說這個。」

晴明站起，邁著腳步挨近祐慶，彎下身。

晴明伸出雙手，在祐慶身上穿的衣服下擺處，不知裏住什麼東西，再做出捧起的動作，最後抬起身。

「您看。」

晴明伸長雙手，他雙手捧著一個骷髏。

那骷髏的頭蓋骨仍殘留著一層看似乾癟的頭皮，頭皮上還伸出幾根頭髮。

「晴、晴明，那是……」博雅問。

「這東西，咬住您身上衣服的下擺。」晴明面向祐慶說。

「那是……」

「應該是那女子的骷髏吧。」

「這麼說來，直至抵達京城之前，我一路上總覺得聽到女人的聲音，原來是……」

「正是這個骷髏所致。」晴明邊說，邊赤腳走下窄廊，來到降霜的庭院。

他將骷髏擱在地面，伸出右手指尖，輕輕貼在骷髏的白色額頭上，小聲念起咒文。

結果，那骷髏長出肉，長出眼睛，也長出鼻子和嘴巴，形成一個美麗女子的頭顱。

「妳是誰？」晴明問。

「我是昔日服侍平將門[4]大人的女僕。將門大人謀反時，我和其他幾名平氏一族人逃往陸奧。本來躲在山中生活，但是，其他人一個接一個死去，最後只留下我一人。我單獨一個女人，爲了活下去，只能留宿旅客，殺死他

4日本桓武天皇的五世孫，西元九三九年在下總國（包括現在的千葉縣北部、茨城縣西南部、埼玉縣東隅、東京都東隅）舉兵謀反，自稱新王。後遭斬首。江戶人尊稱其為「將門公」，視為武神、鄉土神，祀於神田神社。

們，再奪去他們持有的物品以及衣服，後來，我竟然可恥地學會啖食人肉，啜飲人血……」

女人的頭顱簌簌落淚。

「只要啜飲人血，我可以暫時返老還童，如果不啜飲，又會老去，於是只得再啜飲人血，如此重複時，不知不覺中，我就淪落爲不吃人肉、不啜飲人血的話，就會飢渴萬分的妖鬼，這就是我。」

「那、那麼，妳，也打算將我……」祐慶說。

「不，您是例外，我第一眼看到您時，整個心便被您奪走，照料您一晚後，我更眞心地愛上了您。可是，想吃人肉、喝人血的慾望並沒有消失，而且，愈是愛慕對方，我便愈發想啖食對方的肉，啜飲對方的血。」

說話的女人頭顱的嘴脣，突然伸出獠牙。

「與您在一起時，我一直想，啊，眞喜愛，啊，眞想吃。我每天都想著這件事，想到幾乎發狂。我想，再這樣下去，總有一天，我會吃掉您，所以也勸過您盡快離開我家，可是，您眞要走時，我又捨不得讓您走，卻又無法吃掉您，最後忍不住和您結爲親密關係，每天受您寵愛……」

「啊，是那樣嗎？是那樣嗎……」

「倘若有可能，我很希望您不知道我的本性，就那樣離開，可是，您終於看到我那可恥的樣子……」

「噢……」聽女子如此說，祐慶抱住頭。

「您是晴明大人嗎……」女子說。

「嗯。」晴明點頭。

「大人您應該已經明白到底是怎麼回事了吧。」

「嗯，全都明白。」

「那麼，我現在可以帶走這位祐慶大人了嗎……」

「可或不可，這應該由你們決定吧。」

「是。」女人點頭。

「晴明大人，您這話是什麼意思？您不打算救我嗎……」

「這和救與不救的問題無關，我剛才說過了，這是你們之間的事情。您心裡眞正的想法，到底想怎麼做呢……」

「什麼怎麼做？」

「祐慶大人，您說過，從陸奥直至京城，始終有某種東西在追趕著您，那個東西，是不是正是您的心呢……」

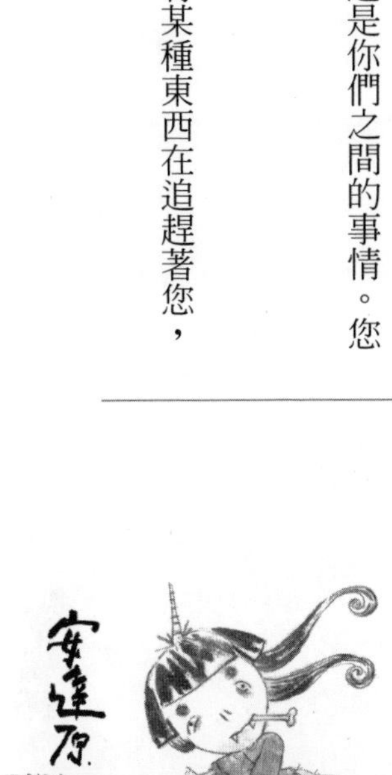

「晴明大人，您在說什麼……」

「哎，我是說，您是不是也很戀慕這位小姐？您愈想逃，您的心，是不是愈牽掛著這位小姐呢……」

「怎麼可能……」祐慶說。

「喂，晴明，你到底打算說什麼？」博雅開口。

晴明以哀憐表情望向博雅。

「博雅啊，坦白說，不僅這位小姐，連祐慶大人也已經不是這個人世的人了……」

「你、你說什麼?!」博雅叫出聲。

「晴明大人，您、您說什麼……」祐慶站起身。

「祐慶大人，您在十年前那個夜晚，逃出我家時，早被我殺掉了，現在的您和我，都已經成爲骷髏，並排在那個芒草野原上，曝露在月光下……」

女人的頭顱說。

「妳說什麼？」

「那以後，也不知您從我身邊逃出過幾次了。這回，我故意不抓您，讓您前來京城，正是爲了讓您見晴明大人，讓您理解我們兩人的眞正面目。您能夠抵達晴明大人宅邸，也是因爲我在您背後操縱，您才能……」

「那、那，我是……」

祐慶跳到庭院，張開雙手，站在月光中。

不僅祐慶的雙手，連祐慶的身體，月光也能穿過，映照著地面的降霜。

「噢，噢……」祐慶大喊，「怎麼可能，怎麼可能……」

祐慶在庭院抬起哀傷的臉龐，望向晴明。

「我是……」

「您是鬼魂。」晴明以悲痛不已的表情，向祐慶如此說。

「這樣，我們可以回去了吧，回到那個地方……」女人的頭顱說。

「噢，噢噢噢噢噢……」

祐慶整個身體開始變得淡薄，透過他的身體，可以望見另一邊的風景。

「啊，哎呀，這……」

「祐慶大人，我們走吧……」

女人的頭顱也在月光中逐漸變得透明。

終於……

「啊……」

祐慶深深嘆了一口氣，繼而消失蹤影。
同時，女人的頭顱也猶如溶化於月光中，不見了。
過一會兒——
「喂，晴明啊。」博雅總算開口。
「剛才，這裡發生了什麼事？」
「什麼都沒發生……」晴明說。
「我們只是望見秋季殘留下的夜露，一粒、兩粒地消失而已……」
「是這樣嗎？」
「嗯……」晴明點頭。
女人的頭顱和祐慶的身姿都不見了，方才起，便沒有留下任何可以讓人聯想到兩人的痕跡。
唯有益發冰冷澄澈的月光，映照著兩人消失蹤影的庭院。

無頭的女人

博雅吹著笛子。

是葉二。

是朱雀門的妖鬼送給博雅的笛子。

博雅一面吹著那管笛子，一面走著。

博雅踩的不是泥土。

是比泥土更柔軟的東西。

不過，說是柔軟，既不是如泥濘那般柔軟，也不是如麻糬那般有彈性。

感覺好像在半空中踏步。

甚至感覺猶如在天上走路。

似乎與天空的大氣同化，與天空合而爲一，像雲朵那般浮在天際間。

這是在做夢嗎？

倘若是做夢，自己吹的笛聲，聽起來又太嘹亮。

博雅心情很舒暢。

他想起，似曾有人在他耳邊低聲說話。

好像是女人的聲音。

是在睡覺的時候嗎？

「博雅大人，博雅大人……」

聲音和善、細微。

「請吹笛……」那聲音說。

「笛子？」

自己是不是如此反問了對方？

「請您吹笛子。」女人的聲音在耳邊喃喃地說，「我們今年的第一批孩子說，非博雅大人的笛音不可。」

「不可什麼？」

「大氣滿溢，時候也差不多了，就在即將降生的那一刻，我們的孩子竟然說，不願意在我們的樂聲中降生。」那聲音說。

「博雅大人降生於這個人世時，正是我們在上空奏樂，讓上天響起樂音。」

博雅想起，小時候確實聽人說過這種不可思議的事。

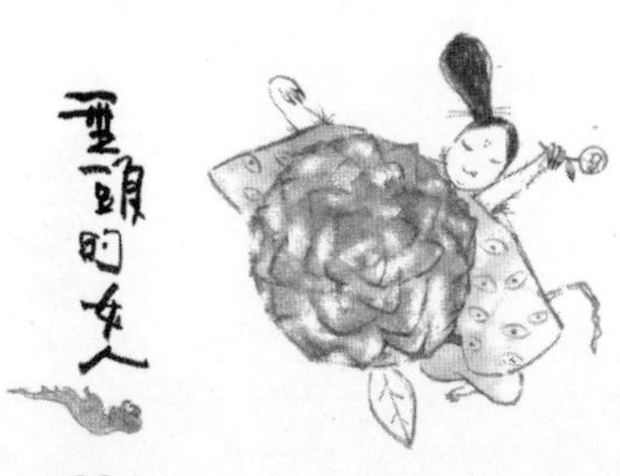

「這次，請博雅大人爲我們的孩子……」那聲音如此說。

「可是……」博雅答。

「博雅大人，您昨天是不是在安倍晴明宅邸吹了笛子？」對方反問。

博雅這才想起，昨天確實吹了。

昨天喝了酒，心情很愉快，自己不是取出葉二吹了嗎？

「我們的孩子聽了那笛音。」

其他聲音壓住原本的聲音。

「聽了那笛音。」其他聲音說，「孩子們說，他們想在博雅大人的笛音下降生。」這又是其他聲音。

「孩子們這樣說。」

「求求您，博雅大人。」

「博雅大人。」

「請吹笛……」

「請吹笛……」

眾多聲音重疊在一起，如此懇求博雅。

有人牽起博雅的手。

那時，到底是身體輕飄飄浮起，還是自己主動抬起身呢？

總之，回過神來時，博雅發現自己身在此地，正在邊走邊吹笛子。

總覺得腳下飄飄然，很像踩在雲朵上。

頭頂上有許多閃耀的星眼，連清澄的月亮都出現了。

再注意看，原來在四周翩翩飛舞的，是仙女。

有打鼓的，有吹笙的，甚至有吹篳篥[1]的。

仙女們咯咯笑著，嘁嘁喳喳，滿心歡喜。

「謝謝博雅大人。」聲音說。

「這笛音真好聽。」

「孩子們也那麼高興……」

「孩子們在雀躍呢。」

「噢，要降生了。」

「降生了。」

「看，降生了那麼多。」

「真的呀。」

「真的呀。」

1 一種管樂器，漢代由西域傳入中原。以竹做管，以蘆葦做哨子插在管口。其樂聲高亢。亦稱為「觱篥」。是日本雅樂的傳統樂器。

仙女們一面翩翩飛舞，一面晃動著羽衣如此說。
博雅也高興起來，益發起勁地吹笛。
金色。
銀色。
閃閃、
閃閃、
閃閃、
閃閃。
笛音在仙女們之間熠熠閃亮。
之後——
博雅突然注意到一件事。
有個不是仙女的女人，坐在眼前。
那女人很美，身上穿著多層件的紅色唐袍。
女人正在傾聽博雅的笛音。
「博雅大人。」仙女之一說。
「那個女人，是笛音的謝禮。」

「是謝禮。」

博雅心裡想，根本不需要謝禮，不過，比起開口說這句話，繼續吹笛比較快樂。

博雅繼續吹。

「噢，已經降生了那麼多……」仙女說。

然而，博雅完全無法理解到底降生了什麼，又降生在何處。

只是，繼續吹著笛子時，博雅發現，那個身穿紅色唐袍的女人，頭部漸漸前傾。

她的頭在下垂。

爲什麼呢？

博雅內心覺得很奇怪，卻依舊繼續吹著笛子。

女人的頭，雖然愈來愈下垂，但看上去似乎並不痛苦。

因此，博雅益發出神地繼續吹笛。

二

第二天早晨——

博雅醒得比任何人都早。

從格子窗透出的晨曦，近似白色，鬆鬆軟軟，很明亮。

「怪了……」

博雅暗忖。

昨晚，自己不是在某處一直吹著笛子嗎？

本以爲已經睡著了，不知何時竟吹起笛子，以爲在吹著笛子，不知何時竟又睡著了，此刻，剛剛醒來。

「昨晚的事，難道是在做夢……」

博雅站起。

看來，其他人都還沒有醒來。

四周很安靜。

「哎呀，原來今天是元旦……」

博雅想起今天的日子。

他自己掀起格子窗。

之後，大吃一驚。

庭院因積雪而一片皓白。

博雅來到窄廊。

「啊，原來如此……」博雅點頭。

仙女們說的今年第一批孩子，原來是眼前這場雪——

雪已經停止了。

接著，博雅注意到一件事。

積雪的庭院中，有一棵山茶樹，樹上開著一朵紅色的山茶花。

那朵山茶花上也有積雪，山茶花因積雪的重量，正垂著臉，彷彿在向博雅致謝地鞠著躬。

「啊，昨晚，我在上空吹著葉二時，那個穿紅色唐袍的女子，原來正是妳。」

博雅如此說後，那朵紅色山茶花，點頭般地微微行了個禮。

積雪掉落，山茶花抬起她那張美麗的臉。

那朵山茶花，單獨一朵開得很久，之後，在那年第一次的暴風雨夜晚，飄落了。

舟

一

魚丸是名漁夫。

他在巨瓊池[1]西岸岸邊，蓋了一間小屋，住在該處。

以捕魚爲生。

只要編織竹子製作陷阱，再放入蚯蚓等魚餌，沉入河中，便可以捕到很多魚。

鯉魚、鯽魚、諸子魚[2]、黑腹鱎[3]，甚至連鰻魚都能想捕多少就有多少。

如果使用魚網，捕獲量更會增加。

流自北方的鴨川、桂川，流自琵琶湖的宇治川，加上流自南方笠置的木津川，在京城南側形成這個遼闊的池子。

用竹子編製成畚箕，在岸邊的水草或蘆葦之間掬取，也能撈到數不清的小魚。不僅魚，池中也有田螺、蜆貝等貝類，以及烏龜和甲魚。

無論捕多少魚，魚也不會減少。

夏天，也能捕到逆流而上的香魚。

---

1 原文為「巨椋池（おぐらいけ，oguraike）」，原位於日本京都府南部，是桂川、木津川、宇治川匯集處因下游地形關係造成排水不良而形成的一個湖泊，當時水域面積約八百公頃。後來因水質惡化造成疾病與災害，於西元一九三三年（昭和八年）開始填平，現在則成為當地重要的農地，主要生產稻米及蔬菜。

2 學名 *Gnathopogon caerulescens*，暗色頜鬚鮈，日本固有品種，淡水魚。

3 學名 *Acheilognathus melanogaster*，輻鰭魚綱鯉形目鯉科的一種，分佈於日本淡水及半鹹水水域。

魚丸將這些捕獲的東西拿到京城的市場叫賣，以此維持生計。

他獨自一人過活。

人們稱他爲巨瓊的魚丸。

小屋蓋在池子岸邊一棵巨大柳樹旁，魚丸擁有一艘船。

多虧那艘船，魚丸可以在池中自由自在移動，也能捕魚。

岸邊四處可見的梅樹，零零星星開起白花之後，有個名叫阿哇哇火丸的奇妙老人，前來訪問魚丸。

夜晚——

離滿月還有些日子的月亮，升至中天。

魚丸在草蓆上，連頭蒙著破破爛爛的鋪蓋，正在睡覺。

他用河裡的沙子堆成比地面高一些的沙堆，於其上鋪著草蓆，當作被窩。

冬天時，穿上所有能穿的東西，再蓋著草蓆，睡在沙堆上。

每當鼻子吸入空氣時，即便在睡眠中，也能聞到一股梅花的幽香。

光是一朵，梅花也會散發香味。

要是開了三成或四成，便會發出明顯是梅花香的甘甜氣味，流蕩於夜氣

中。

此外，從泥地的爐子也會飄出微弱的火灰氣味。爐子還殘留著燒剩的炭火。這個炭火可以讓小屋暖和一些。

有時，在離岸邊不遠的地方，會傳來振翅聲和水聲。

啪嗒。

啪嗒。

大概是野鴨吧。

也許是狐狸或其他野獸，瞄準野鴨地挨近了吧。

魚丸半睡半醒。

半醒的身體那部分，聆聽著夜晚的聲響，半睡的身體那部分，則心不在焉地胡思亂想。

這工作到底能持續到什麼時候？

最近，夏天和冬天都感覺很吃力。

以前完全不算一回事的工作，逐漸變得吃力。

是不是即將五十歲了？雖然記不清自己的年齡，不過，近來，冬天的寒冷和夏天的暑熱，都會令他感到吃不消。

魚丸聞著梅花的香味，在睡夢中如此東想西想時——

「魚丸大人……」

有人在叫喚。

魚丸在被窩中張開眼，他張著半睜的眼，抬起頭。

黑暗中，可以看見爐子內燃燒的通紅炭火。

奇怪——

剛才好像聽到有人在叫喚，難道聽錯了？

魚丸打算再次閉上眼睛，這時——

「魚丸大人……」

聲音又響起。

確實是人的聲音在叫喚自己的名字。

可是——

人們通常叫他魚丸、魚丸，從來沒有人在名字後加個「大人」尊稱。

總之，魚丸抬起身。

他起床後，掀開入口的草蓆，望向屋外。

有個身穿黑衣的人站在月光中。

對方站在零零星星開出白梅的梅樹一旁。
雙眼像兩個青色炭火地發出亮光。
「你是誰？」魚丸問。
「我名叫阿哇哇火丸。」
對方行了個禮。
魚丸第一次聽到這種名字。
是人？亦或鬼魂？
首先，在這種時刻，人會出門走動嗎？
「什麼事？」
「我有件事想請您幫忙。而且這件事必須在夜間進行，因此明知非禮，我也前來拜訪。」
阿哇哇火丸慢條斯理地走來，站在魚丸面前。
他伸手摸入懷中。
「這個……」
遞出某樣東西。
魚丸伸出右手，有樣東西吧嗒地落在魚丸手心。

是錢幣。

「這、這是?!」

「這是等一下要請您做的工作的謝禮。」

「工作?」

「我想借用您的船。」

「船?」

「請您現在去拉船，划到對岸後，再返回這裡。我打算裝載一些東西想請您運送到對岸。」

魚丸迄今爲止從未觸摸過錢幣。

他只在東市看過兩三次。

「光、光這樣就可以嗎?」

「這樣就可以。」阿哇哇火丸說。

「好，我做。」魚丸如此回答。

二

上船後，火丸坐在靠近中央之處。

魚丸立在船頭，握著竿子。

「開船吧。」火丸說。

「可是，船上還沒有裝載任何東西……」

火丸明明說過打算裝載一些東西，但此刻，船上除了魚丸和火丸，沒有其他人，也沒有裝上貨物。

「就這樣。」火丸說。

「等船划出之後，才會裝載……」

既然火丸如此說，魚丸只得把竿子插進水中，划出船。

「月亮眞美。」

火丸仰望上空，低聲說了一句。

陰暗水面映照著青色月亮。

船划動後，船頭蕩起的波浪，搖晃著月亮。

大概划至池子中央時——

「就在這一帶吧。停船。」

聽火丸這樣說，魚丸停止操縱竿子的動作。

船，停了。

火丸在此站起。

他從懷中取出一張捲紙，一面展開，一面呼叫。

「丹波的光遠……」

似乎在呼叫某人的名字。

結果——

「是。」

不知自何處傳出應聲，而且好像有人上了船，船大大地晃動了一下。

可以感覺船沉了下去，正好是一人份的重量。

「青墓的片世。」火丸又呼叫了其他人的名字。

「是。」

有人應聲，船再度晃動，又沉下一人份的重量。

「日下部的眞屓。」火丸繼續呼叫。

「是。」這回應聲的是女人的聲音。

船再度晃動，沉下一人份的重量。

「葛籠的川彥。」

「廣蟲。」

「惟雄。」

每當火丸呼叫名字，總有人回應。

「是。」

接著，猶如有人上了船，船會沉下。

火丸呼叫到第七個人的名字時——

「再多就不行了。」魚丸說。

船的吃水線已經升至最大限度，看似稍微起一點波浪，船便會進水。

「這樣嗎……」火丸低聲道。

「雖然還不夠，但離日期仍有一些日子。今天晚上暫且到此爲止吧。」

聽了這句話，魚丸鬆了一口氣。

「那麼，划到對岸吧……」

由於火丸如此說，魚丸再次操縱竿子，把船划到東岸。

面。

「來，下船吧。」

火丸說畢，船搖晃了好幾次，本來沉入水中的船，恢復原樣地浮在水面。

「我們回去。」

聽火丸這樣說，魚丸又將船划到原來的岸邊。

「魚丸大人，您做得很好。」火丸站在岸上說。

「明天晚上，我會再來，一切拜託您了。」

火丸說了這句話後，消失於黑暗中。

魚丸手中留下一枚錢幣。

果真如火丸所說那般，第二天夜晚，第三天夜晚，火丸都出現了。做的事和第一次做的一樣。

魚丸收下一枚錢幣，載著火丸划出船。之後，把船停在池子中央那一帶，火丸站起，呼叫人名。

雖然眼睛實際上看不見人影，但每次都猶如有人上了船，船會變得沉重。將這些隱形船客運到對岸後，船會變輕。

這種事，持續了八天。

三

「原來如此，原來發生了這種事。」

點頭如此說的人，是安倍晴明。

此處是晴明宅邸的窄廊。

源博雅坐在晴明一旁。

自白天起，晴明和博雅便坐在窄廊上喝酒。

庭院的梅花已經開了大半以上，四周飄蕩著梅花香。

「是。」

魚丸站在庭院，行了個禮。

魚丸身旁又站著另一個男人。

是養鸕鶿的千手忠輔。

「魚丸找我商量這件事，我想，我實在無法勝任，於是就這樣前來拜訪晴明大人。」忠輔說畢，望向魚丸。

忠輔和魚丸是很早就相識的熟人。

忠輔自己以前曾拜託晴明和博雅解決了黑川主問題[4]，之後，每逢夏天，他都會送來在鴨川捕獲的香魚。

因此緣故，忠輔才帶著魚丸來到晴明宅邸。

「這麼說來，第八天夜晚，正是昨晚嗎……」博雅問。

「是的……」

昨晚——

第八天夜晚，魚丸如常運送某物抵達池子對岸。

「一次六人，八個夜晚，剛好是六、八、四十八。有了這些人，應該可以了。」

火丸如此說後，昨晚又多給了魚丸五枚錢幣，之後便消失蹤影。

「我覺得我好像參與了某種可怕的事，雖然收下了錢，但還是坐立不安。請大人相助……」

「唔。」

晴明不伸手去端酒杯，看似在思索某事。

「原來如此，或許有可能是那件事……」晴明低聲道。

「那件事？」博雅問。

4 參照《陰陽師》〈黑川主〉。世世代代以鸕鶿捕魚為生的千手忠輔，其孫女綾子被原形為水獺的黑川主凌辱懷孕後就陷入沉睡，晴明與博雅聯手協助解決了問題。

「博雅啊，今年是什麼年？」

「你竟然問我這種事？今年不是寅年嗎……」

「沒錯，正是五黃[5]的寅年。」

「那又怎麼了？晴明……」

「哎，如果我推測得沒錯，今天晚上，我們或許可以看到一般人難以看到的光景。」

「什麼意思？」

「與其在此說明，不如先準備吧。」

「準備？」

「就是準備動身去觀看一般人難以看到的光景。」

「晴明啊，所以我在問你，那到底是什麼光景？」

「萬一我推測錯了，現在還是不要說出比較好……」

「什麼？」

「怎樣，去不去？」

「去哪裡？」

「去巨瓊池。現在就去準備，應該可以在天黑之前坐車出門。現在還充

5原文為「五黃（ごおう，goou）」，是陰陽道裡九星的土星。

分趕得上，博雅……」

「什……」

「怎樣，去不去？」

「唔，嗯……」

「走。」

「走。」

事情就這麼決定了。

四

梅花樹下，鋪著毛氈。

晴明與博雅，以及千手忠輔和魚丸，坐在毛氈上，正在喝酒。

爲了禦寒，每個人身旁都擱著火盆。

此外，又收集了附近的漂流木材，燃燒木材可以取暖，燃燒的火焰也可以當燈火。

四周的梅樹都開花了，濃郁的梅花香氣撲鼻而來。

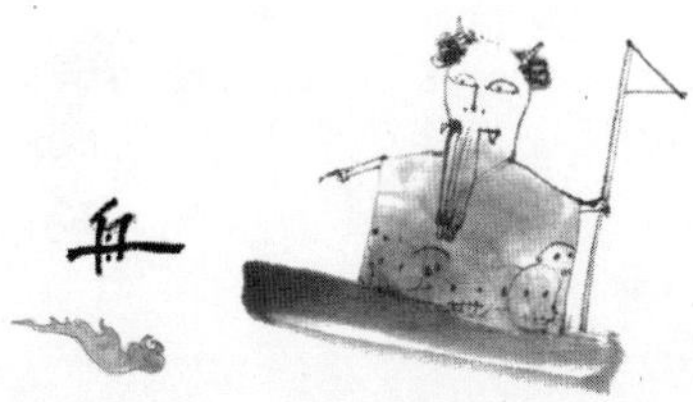

眼前是巨瓊池。

淺藍色水面映著月亮。

大氣益發清澈，晴朗明亮，博雅有時會吹起笛子。

此刻，笛音也在流響。

每當笛音觸及水面，月光會倍增清澄，看似正在凜凜作響。

笛音停止，博雅擱下笛子。

「喂，晴明。」

「什麼事？博雅。」

「這裡，稍後到底會發生什麼事？」博雅將雙手罩在火盆上地問。

「你總是愛擺架子，什麼都不說出來，這是你的壞習慣，你知道嗎？晴明……」

「哎，不是我在擺架子。拿今晚的事來說，那個，無論我如何描述，都比不過親眼目睹來得好……」

「不，我不管。今晚我一定要問到底。畢竟這裡不是只有我一個人，其他兩位的想法應該也和我一樣……」

博雅說畢，望向忠輔和魚丸。

「是。」忠輔點頭。

「我也不明白到底是怎麼回事。如果可以，哪怕僅是一斑，我也想恭聽晴明大人的見解……」魚丸補充說。

「那麼，我就多少說明一下吧。」

晴明端起酒杯，喝乾裡面的酒，再擱下酒杯。

「魚丸大人不是說過，那個名叫火丸的老人，呼叫的確實是人名吧。」

「嗯。」博雅點頭。

「這幾個人名中，我對其中之一有印象。」

「是嗎？」

「火丸大人好像呼叫了丹波的光遠這個名字，這位大人，擅長作和歌，一年前左右，受兼家大人邀請，特地從丹波來到京城……」

「聽你這樣說，我想起來了，我也聽過這個名字。不過……」

「不過什麼？」

「如果眞是那位光遠大人，他不是在去年過世了嗎……」

「沒錯。去年秋天，發生過一場暴風雨，繼而引起洪水。那時，光遠大人說，有些和歌必須在這種狀況下作，於是，夜晚出門前往鴨川，結果流水

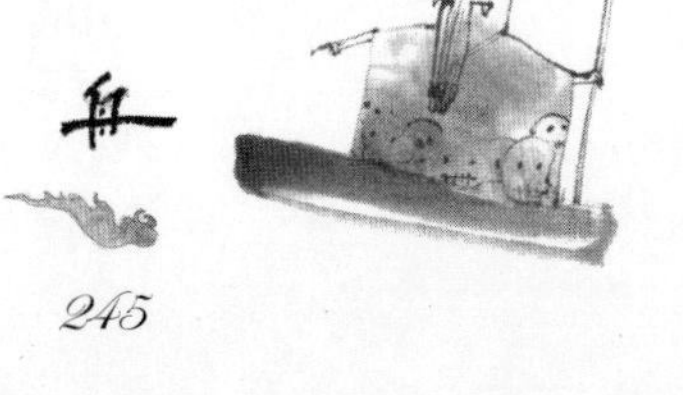

鏟走他腳下的泥土，他掉進河中，就那樣被沖走了……」

「是的。這麼說來，換句話說，光遠大人已經……」

晴明望著博雅的臉。

「嗯。」晴明微微收回下巴地點頭。

「恐怕，已經不是這個人世的人……」晴明如此說。

「什、什麼……」

「接著，是今晚的事。」

「今晚？」

「今年是五黃寅年。」

「這又怎麼了？」

「是天一神久違三十六年進行大橫渡的年度。」

「什麼?!」

「這個五黃寅年，每隔三十六年循環一次。而且，天一神現在位於東方。先說明一下，今年最初的四方位橫渡，是從東方往西方移動。按照慣例，應該從東方通過阿哇哇十字路口往西方移動，但是，大橫渡時，會稍微偏向南方。因此，今年的大橫渡，恰好會在這個巨瓊池上空通過……」

「什、什麼?!」

「而且，每夜六人，連續八天，總計四十八人——博雅啊，你怎麼看這個數字？」

「你問我怎麼看，我也……」

博雅說到此，晴明的視線移向東方。

「噢，博雅啊，好像開始了……」晴明說。

博雅、忠輔，以及魚丸的視線，均移向東方。

巨瓊池東岸附近——

深邃的黑暗底層，

啪地燃起一盞燈火。

「那是什麼……」博雅叫出聲。

就在眾人觀望著時。

啪、

啪、

點燃的燈火數逐漸增加。

那些燈火開始移動。

往這邊——也就是往西岸移動。

「挨近了……」

博雅站起身。

晴明也早就站起身。

「哎呀……」

「這是……」

魚丸和忠輔也站起身，凝視著那些燈火。

燈火在巨瓊池的水面，無聲無息地，徐徐地挨近。

柔和燈火的亮光，映在水面上。

燈火排成連綿兩列。

「博雅啊，燈火有幾盞？」晴明問。

一盞……

兩盞……

博雅數著。

「四十八盞……」博雅低聲答。

「和我猜的一樣。」

「到底是怎麼回事，晴明……」

隨著燈火挨近，可以看出舉著燈火的，是貌似人的身姿。

四十八個人排成兩列，一列二十四人，在月光中走來。每個人的左手都舉著燈火，右手則握著粗繩，正在拉曳某物。

既有男人，也有女人。

拉曳的粗繩有兩條。

二十四人拉一條粗繩，共計四十八人，他們一面拉著粗繩，一面赤腳嘩啦嘩啦地踩著水面，往這邊挨近。

仔細看的話，可以看出粗繩是用黃、紅、青、黑、白，五種顏色的線搓揉而成。

而且，這兩條五色粗繩拉曳著一座附有輪子光輝奪目的轎子。

轎子上，坐著一名怎麼看都是孩童外貌的人——的來者。

那來者頭上戴著一頂垂著黃金裝飾的帽子。

來者乘著轎子，慢條斯理地順著巨瓊池水面逐漸挨近。

前頭的人先上岸，一個接一個穿過梅樹及柳樹之間。

不久，轎子也通過了——

「那就是天一神大人……」晴明低聲說。

「就是，那個看上去像小孩的……」

「嗯。」

晴明和博雅在交談時，隊伍依舊陸續在眼前通過。

跟在轎子後面的是一群妖怪。

只有一條腳的魚。

用手代替羽毛飛舞的鳥。

獨眼大禿和尚。

長出手腳的門板。

有一張狐狸臉，身穿唐袍的男人和女人。

長出雙腳的鍋子。

牛臉者。

馬臉者。

長毛者。

有鱗者。

彎曲者。

爬行者。
發出聲音者。
默默無言者。
用兩條貓足走路的大笑者。
倒著走路的有臉書桌。
不倫不類者。
黑色的東西。
細長的東西。
粗胖的東西。
倒立的蟾蜍。
有腳的蛇。
無臉男。
各式各樣的妖怪，跟在轎子後面，在月光中陸續通過。
他們穿過梅樹林。
梅花的香味芬芬撲鼻。
接著，最後走過來的人，正是火丸。

火丸走至晴明一行人面前。

「哎呀，您不正是土御門的安倍晴明大人嗎……」火丸說畢，行了一個禮，「如果這位是源博雅大人，方才我們聽到的笛音，應該正是博雅大人吹的笛子吧。」

火丸轉頭望向魚丸。

「這回承蒙您多方關照。托您的福，天一神大人的大橫渡似乎可以平安無事完成了。」

「您是？」博雅問。

「我是阿哇哇十字路口附近，小小不動尊底下，那隻每天總是在睡覺的老黑狗。而且，我遇見過幾次晴明大人和博雅大人。」火丸恭敬地說。

「這次，聽從天一神大人的交代，我在尋找橫渡巨瓊池時，可以拉曳轎子的人。正好，去年發生洪水，各處的河水都有人被沖走，他們的屍體都沉在巨瓊池底。我向天一神大人提議，乾脆把他們聚集起來，讓他們拉曳轎子，天一神大人答應了，因此，我才拜託魚丸大人幫我這個忙……」

「爲什麼人數是四十八人呢？」博雅問。

「按照慣例，天一神大人每次進行西行大橫渡時，都會前往西方極樂淨土拜訪阿彌陀佛大人，寒暄一番。天一神大人指示，既然如此，正好有四十八名還未超渡的靈魂，乾脆帶著他們一起前往……」

「果然是這樣……」

聽晴明如此說，火丸點頭，再鞠個躬——

「我告辭了……」火丸說畢，轉身追趕隊伍。

過了一會兒，四十八盞燈火和天一神，以及百鬼夜行的妖怪群，猶如混沒於梅花香中，消失了蹤影。

一切都消失於黑暗中，四周只剩映著水面的月光和梅花香時——

「喂，晴明啊……」博雅開口。

「什麼事？博雅。」

「那些拉曳轎子的人，爲什麼是四十八人？」

「因爲天一神大人在進行大橫渡時，前去拜訪的對象是阿彌陀佛。」

「所以我才在問你，到底爲什麼？」

「阿彌陀佛曾經許下四十八個大願，由於實踐了大願，他才成爲阿彌陀佛。天一神大人應該是決定將那四十八名靈魂，比作四十八大願，一起帶到淨土吧……」晴明說。

「原來如此，原來是這樣……」博雅點頭。

「謝謝兩位大人。晴明大人，博雅大人，這次承蒙您兩位大人的關照。」魚丸行了個禮。

「不，我什麼都沒做。反倒是多虧了您，我們今晚才能獲得這種觀賞珍奇光景的機會，我們應該向您致謝。」

晴明恭敬地行了個禮。

抬起臉的晴明，深深聞著飄蕩在夜氣中的梅花香味。

「博雅，吹笛吧……」晴明如此說。

「我又想聽你吹的笛音了。現在吹的話，應該還可以傳到正在大橫渡西行途中的天一神大人耳裡。」

「嗯。」

博雅應了一聲，自懷中取出葉二，貼在脣上。

葉二滑出無以名之的音色。

笛音輕柔地溶化於梅花香中。

後記

1

我想，最初的契機，應該是三年前在巴黎那時。

當年，我在法國的史特拉斯堡和巴黎，進行了以陰陽師為主題的演講。逗留在法國那期間，負責編排演講，並在各方面都照料我的人，是住在巴黎的仲野麻紀小姐，她是名為「Ky」的二重奏樂隊成員之一，負責吹奏薩克斯風。

演講結束後，我又留在巴黎一陣子，在飯店斷斷續續地寫稿，這期間，「Ky」舉辦了演奏會。

「Ky」——除了負責彈奏烏德琴的Yann Pittard，以及吹奏薩克斯風的仲野麻紀，又加入一位不管什麼都打，為這個世界創造出不可思議的樂音，名為Toma的音樂家，正是這三人舉辦了演奏會。

不知為什麼，我竟然也加入這組三重奏，表演了朗讀，我想，最大原因可能基於當時我身在異國吧。

如果是日本，我大概不會這樣做。

朗讀的是當時在巴黎飯店剛寫成的〈陰陽師〉。

經歷了一次，我就迷上了。

我本來就是個五音不全的人，不太會唱歌。不但不會玩樂器，更讀不懂音符，說起來，和一般人相比，我沒有積極讓音樂融入自己生活中的習慣。

家裡當然有幾張我買來的唱片和CD，我也有喜歡的歌曲以及歌手。

但是，我是個缺乏能對別人說「愛好是音樂」的素養和體驗的人。

至少，我自己曾經這麼認為。

可是，哎呀，我再說一遍，經歷了一次後，我竟然迷上了。

當作體驗來說，那體驗非常新鮮。

我自己都大吃一驚。

對我來說，迄今為止的音樂，都是從對面傳過來的聲音。

有時從舞台上，有時從音箱裡，或者從某處傳到我這裡的聲音，那就是音樂。

然而，試著一起做了後，這件事實在很驚人。

那聲音、那音樂，接連不斷地在我四周出生、長大、消失，又發生——

我飄浮在那音樂中。在這個不斷發生、持續、消失、出生、互相纏繞的宇宙中，我存在著，我夾雜在那些音色中，溶化於其中。這種感覺很驚人。
還有一件事。
在人前做某事——這種事，迄今爲止我也做過。
例如談些與格鬥術有關的事，說些空海的事，講講有關我自己寫的故事《大江戶恐龍傳》主人公平賀源內的事——不過，這種事，和在音樂中朗讀一事，有點不同。
怎麼個不同呢？
我無法詳細說明。
這樣吧，我們比喻爲神明好了。
比方說，音樂這種東西，是獻給神明的供品。
是獻給不知身在何處的神明的祭品。
是在演奏中拋出自己的肉體、感情，以及各種東西當作供品的行爲。
我覺得，這點和演講可能有點不同。雖然也許只是我的感覺而已。
然後呢——
在當場，我會想，自己到底配不配當獻給神明的供品，或是祭品——我會考慮到這個問題。

在顧客面前，自己眞的具有做那種事的資格嗎？
這眞的會讓人陷於不安。
能順利演出嗎？
會不會失敗呢？
就站在人前，站在神明前，做爲進行某些事之人的立場來說，自己眞的具有那種資格嗎——
想到這個問題時，我的雙腳幾乎要顫抖起來，很想逃離現場。
可是，開演時間逐漸逼近。
那時，會遭遇一種必須下定決心的瞬間。
不管結果怎樣都好。
不作任何辯解。
傾盡全力做出自己能做的。
只能這樣。
之後，該怎麼說呢？突然會有一種整個肉體表裡反轉的感覺。
這種，在現場參與自己變成另一個人的瞬間感覺，實在眞的是一種驚人的體驗。

結果，我和他們約好，等我回日本之後，「Ky」若有機會來日本時，再一起合作些什麼事——也就是說，例如於人前朗讀之類的事，而且我們實際做了。

有時在能樂堂，有時在爵士樂酒吧，我們在各式各樣的場所合作了。

去年，受作曲家松下功先生的邀請，我竟然和彈奏鋼琴的山下洋輔先生、吹奏尺八的山本邦山先生、拉小提琴的松原勝也先生等這些厲害的專家，一起在藝術大學的音樂堂演出。

那是一段如做夢般的時間。

彷彿靈魂在不同宇宙嬉戲的時間。

接著，今年有今年的節目，十月也在京都下鴨神社演出了。

除了「Ky」，另有彈奏鋼琴的Bert Seager，負責貝斯的吉野弘志，打鼓的池長一美——還有我，總計六人。

演說嘉賓是文化人類學者小松和彥先生。

朗讀的是《陰陽師》的〈霹靂神〉。

內容是博雅的笛子、蟬丸法師的琵琶，以及被霹靂神附身的制吒迦童子的羯鼓，在晴明宅邸庭院合奏的故事。

地點是與賀茂氏有淵源的下鴨神社。

由於開頭是「秋日陽光中，飄蕩菊花香」，因此會場也裝飾了菊花。

這也是一段如快樂夢境那般的時間。

這次的後記，我正是打算報告這件事。

而且，明年另有明年（二〇一四年）的節目，下次預計在五月，地點是高野山，以空海爲主題，舉行類似的朗讀音樂會。

目前只是預定而已，預定——

我很希望這個預定可以實現。

2

還有一件事。

是有關這次收錄的〈仙桃奇譚〉——

這個故事的主題，其實是渡邊眞理小姐賞賜的。

因爲決定出版《陰陽師》的雜誌書，書中，有我和眞理小姐的對談文章。

那時，我得意忘形地向眞理小姐拜託了如下的事。

「寫小說時，與其從空白狀態構思內容，不如在某種條件下的狀態比較容易書寫。能不能請妳務必給我出個主題？我會以這個主題爲素材，寫在下一本的《陰陽師》中——」

結果，眞理小姐賞賜的主題是「桃子」。

我寫成的小說正是〈仙桃奇譚〉。

我自己認爲這個故事很有趣。

另有一件事。

是我寫的其他故事，這故事與《陰陽師》無關。

那就是，迄今爲止一直中斷的《幻獸少年》系列，今年總算要重新開始了。

這是述說一個在體內棲宿了幻獸的美少年故事。

持續寫了三十多年，至今仍未結束。

目前在朝日新聞出版社的《一冊書》中連載。

輕小說版由朝日新聞出版社出版——

文庫版則由 KADOKAWA 的角川文庫負責。

和《陰陽師》一樣，都是我深愛的故事。
為了通知各位這件事，請容我借用了此版面。
那是個極為哀悽，極為幽美的故事。

3

因此，《陰陽師》仍會繼續寫下去。
請多多關照。

二〇一三年十一月十二日　於小田原
夢枕獏

夢枕獏公式網站「蓬萊宮」網址　http://www.digiadv.co.jp/baku/

作者介紹

夢枕獏（YUMEMAKURA Baku）

日本ＳＦ作家俱樂部會員、日本文藝家協會會員。生於神奈川縣小田原市，東海大學文學部日本文學系畢業。嗜好是釣魚，特別熱愛釣香魚。也熱中泛舟、登山等等戶外活動。此外，還喜歡看格鬥技比賽、漫畫，喜愛攝影、傳統藝能（如歌舞伎）的欣賞。

夢枕先生曾自述，最初使用「夢枕獏」這個筆名，始自於高中時寫同人誌風的作品。「獏」這個字，正是中文的「貘」，指的是一種會吃掉噩夢的怪獸。夢枕先生因爲「想要想出夢一般的故事」，而取了這個筆名。

年表：

一九五一年	一月一日生於神奈川縣小田原市。
一九七三年	東海大學日本文學系畢業。
一九七五年	到海外登山旅行，初訪尼泊爾。
一九七七年	在筒井康隆主辦的ＳＦ同人雜誌《NEO NULL》、及柴野拓美

主辦的《宇宙塵》上發表作品。在《NEO NULL》上發表的〈蛙之死〉受到業界人士注意，同作轉至SF專門商業出版雜誌《奇想天外》刊登而成爲出道作。之後在《奇想天外》發表中篇小說〈巨人傳〉，而正式開始作家之路。

一九七九年　在集英社文庫Cobalt推出第一本單行本《彈貓的歐爾歐拉涅爺爺》。

一九八一年　在雙葉社推出第一次的單行本新書《幻獸變化》。

一九八二年　在朝日Sonorama文庫推出Chimera系列第一部《幻獸少年Chimera》。

一九八四年　在祥傳社Non-Novel書系發表的「狩獵魔獸」系列三部曲成爲暢銷作。

一九八六年　循《西遊記》裡的旅途前往中國大陸作取材之旅，從長安到吐魯番。「陰陽師」系列開始連載。

一九八七年　繼續西遊記行程。下半年與野田知祐一同在加拿大的育空河泛舟。

一九八八年　第三次踏上西遊記的旅程，到天山的穆素爾嶺。文藝春秋社出版《陰陽師》。

一九八九年　以《吃掉上弦月的獅子》奪得第十屆日本SF大獎。
一九九〇年　《吃掉上弦月的獅子》獲頒星雲賞平成元年度日本長篇獎。
一九九三年　十月爲坂東玉三郎所寫的〈三國傳來玄象譚〉在東京歌舞伎座「藝術祭十月大歌舞伎」上演。
一九九四年　出任日本SF作家俱樂部會長。岡野玲子改編的漫畫作品《陰陽師》出版。
一九九五年　小說《空手道上班族班練馬分部》由NHK拍成電視劇，由奧田瑛二主演。在東京神保町的畫廊舉辦照片展「聖琉璃之山」（亦有同名攝影集）。文藝春秋社出版《陰陽師─飛天卷》。
一九九六年　爲坂東玉三郎作詞的〈楊貴妃〉在歌舞伎座上演。爲NHK BS臺的「釣魚紀行」錄影赴挪威。十月起在NHK總合臺「大人的遊樂時間」擔任常任主持人。爲電視節目「世界謎題紀行」錄影赴澳洲。
一九九七年　文藝春秋社出版《陰陽師─付喪神卷》。
一九九八年　於中央公論新社出版《平成講釋─安倍晴明傳》。
一九九九年　《陰陽師─生成姬》於朝日新聞晚報開始連載。
二〇〇〇年　文藝春秋社出版《陰陽師─鳳凰卷》。

二〇〇一年　四月，NHK製作、放映《陰陽師》，由SMAP成員之一的稻垣吾郎主演。六月，岡野玲子的漫畫版出版至第十冊。十月，電影「陰陽師」上映。由知名狂言家野村萬齋飾演主角「安倍晴明」，眞田廣之、小泉今日子等人共同主演。文藝春秋社出版《陰陽師—晴明取瘤》。

二〇〇三年　電影「陰陽師II」於十月上映。文藝春秋社出版《陰陽師—太極卷》。

二〇〇六年　首度來台參加台北國際書展，掀起夢枕旋風。

二〇〇七年　改編同名作品的電影《大帝之劍》由堤幸彥導演、阿部寬主演，於四月在日本上映。七月文藝春秋社出版《陰陽師—夜光杯卷》。年底配合首本繁體中文版《陰陽師》繪本《三角鐵環》來台舉辦簽書會，再度掀起《陰陽師》的閱讀熱潮。

二〇〇八年　雙葉社出版《東天的獅子》系列。

二〇一〇年　文藝春秋社出版《陰陽師—天鼓卷》。角川書店出版與天野喜孝、叶松谷共同合作的《楊貴妃的晚餐》。

二〇一一年　以《大江戶釣客傳》獲得第三十九屆泉鏡花文學獎、第五屆舟橋聖一文學獎。改編《陰陽師》的漫畫家岡野玲子訪台。同年傳出陳凱歌將與日本電影公司合作《沙門空海》的電影拍攝作業。文藝春秋社出版《陰陽師─醍醐卷》。

二〇一二年　以《大江戶釣客傳》獲得第四十六屆吉川英治文學獎。十月文藝春秋社出版《陰陽師─醉月卷》。適逢《陰陽師》出版二十五週年，文藝春秋社也同步出版《陰陽師完全解析手冊》。

二〇一三年　八月參加NHK總合台的柳家權太樓的演藝圖鑑節目播出。九月在東京歌舞伎座上演《陰陽師─瀧夜叉姬》，創下全公演滿座紀錄。十月小學館出版長篇小說《大江戶恐龍傳》系列。

二〇一四年　文藝春秋社出版《陰陽師─蒼猴卷》、《陰陽師─螢火卷》，後者出版後獲得十一月網路票選「二十歲男性最喜歡閱讀的時代小說」第二名。

二〇一五年　曾獲第十一屆柴田鍊三郎獎的小說《眾神的山嶺》，將由導演平山秀行翻拍成電影，阿部寬與岡田准一主演，三月前往尼泊爾山區取景，將於二〇一六年於日本全國院線上映。睽違十二年《陰陽師》再度影像化，夏季將在朝日電視台播出同名SP電視劇，由歌舞伎演員市川染五郎主演。

二〇一七年　作家生涯四十週年，榮獲菊池寬獎及日本推理大賞。

繆思系列
陰陽師〔第十六部〕蒼猴卷

作者／夢枕獏（Baku Yumemakura）　封面繪圖／村上豐
譯者／茂呂美耶
社長／陳蕙慧
副總編輯／戴偉傑
編輯／王淑儀
行銷企劃／李逸文．尹子麟．張元慧．姚立儷
特約編輯／連秋香
封面設計／蔡惠如
美術編輯／蔡惠如
內文排版／綠貝殼資訊有限公司

讀書共和國集團社長／郭重興
發行人兼出版總監／曾大福
出版／木馬文化事業股份有限公司
發行／遠足文化事業股份有限公司
地址／231新北市新店區民權路108之4號8樓
電話／02-2218-1417
傳真／02-8667-1891
Email：service@bookrep.com.tw
郵撥帳號／19588272 木馬文化事業股份有限公司
客服專線／0800221029
法律顧問／華洋國際專利商標事務所 蘇文生 律師
初版一刷　2015年8月
二版一刷　2019年8月
定價／新台幣320元
ISBN 978-986-359-689-9

歡迎團體訂購，另有優惠，請洽業務部（02）2218-1417分機1124、1135

國家圖書館出版品預行編目（CIP）資料

陰陽師. 第十六部 蒼猴卷 / 夢枕獏著 ; 茂呂美耶譯-- 二版.
-- 新北市 : 木馬文化出版 : 遠足文化發行, 民108.08
272面 ; 14 x 20公分. -- (繆思系列)
ISBN 978-986-359-689-9 (平裝)

861.57 108009545